我多的是時間

漂流

I Just Want A
Beautiful Escape

陳浪 Jerry Chen —— 著

謹將本書獻給自己

"The only real influence I've ever had was myself."

——Edward Hopper

目次

日出
晨間 Morning

正午
午後 Afternoon

夜晚 Night

日落

凌晨 After Midnight

午夜

日出

日出
Sunrise

01

Weather Forecast

天氣預報

最近我總是這樣醒來，像是夢與現實沒有緩衝，猛然睜開雙眼，就回到這世界。呼吸起伏仍急促，我下意識地伸手探尋散落枕邊的眼鏡與手機，迷糊地想確認時間，卻先一步察覺透進房內的微弱天光，看來還是醒得早了些。尚不及鬧鐘預定的時刻，四周靜悄悄的，反而放大了外頭徹夜未歇的雨。

覆蓋整晚的棉被，總在早晨顯得異常沉重，有時也會被不知夢裡上哪雲遊的我一腳踢開。每個夜晚，我盡量以同樣的姿勢，懷抱相等的期盼入睡，卻總在大夢初醒時變得淩亂。慶幸的是，只有我能看見自己的不堪。

倘若此時離房，嘎吱作響的門聲勢必會吵醒酣睡的小狗與家人。即使相隔淅瀝雨落，也能聽見淺淺鼾聲，知道他們的夜仍持續著，拂曉未至。這是同在一處屋簷下生活幾十年，無須洞察亦能培養的默契。順手推開被褥，反手伸個懶腰，我目光呆滯地坐在床沿，好不容易才將自己重新對焦。試圖向窗外探去，卻什麼也望不著。

小時候，我的房間還保有絕佳視野，能越過低矮民宅，直抵層巒疊嶂。偶爾早晨雲繚霧繞、群山疊影，就像幅饒富餘味的水墨畫，窗框則成了安放景致的畫框，等著我有一天懂得鑑賞。然而好景常在，緊鄰的空地卻在某個記不清的年分圍成建地、築起樓房。落成後的新宅過分高聳，又蠻橫無理地貼近，我自此失去了熟悉的視線，室外則添了塊多餘的牆。如今回首，那段施工黑暗期應當也是揮之不去的夢魘，可我怎樣都想不起來。或許人在年少時，本是吵吵鬧鬧，就算喧囂，倒也無關緊要。

縱使雨聲陪伴我步入黑夜、喚醒我於晨間，我卻對它一無所知。因為這扇無法眺望的窗戶，僅能容進下落的聲響，而觀測不得規模。但面對如此長時間的降雨，我心有猜想，這座城市怕是已迎來雨季的漫長。

昨晚睡前查詢的天氣預報，精準地描繪此刻光景，但預報得以使人有備無患，卻依舊阻止不了注定的到來。頑強的鋒面，總在相去不遠的季節滯留，下起無從躲避的雨，就像歷經再多分合的我們，仍會來回地犯著同樣感情用事的錯。長大後，我盡量不因為預測失準而牢騷滿腹，有時甚至懶得看了，心底自有預感，閱歷亦能協助判斷，是對是錯都交由自己承擔。

反倒擔心起陽臺未能及時收下的衣褲，陣雨迫使它們必須掛得比平時更久，有時也會在幾近晾乾的時刻，驟然為一場沒有方向的亂雨浸透，不得已只能從頭。若想轉交機器處理，偏偏總有幾個特立獨行的存在，標籤斗大地表明不得烘乾。那些機能愈全的，往往給你找了最多的麻煩。遂再度吊起，如人一般，盼著全身而退，盼著天晴雨過。

除了衣物，陽臺也擱著似乎永遠濕漉漉的傘。分門別類而論，長柄透明的占多數，是大雨突襲時出於窘迫的購物。衝動使然的交集，從來與喜愛無關，僅是各取所需、用過即棄，堪比不負責任的現代關係。至於短把的折疊傘，則屬於精心挑選，即便風光明媚也隨身攜帶，計成日常難以割捨的重量。其實那把使用多時的愛傘早已褪色，骨架亦鏽痕斑斑，更別提傘面出現的裂洞，總讓水滴見縫插針，試圖挑撥離間這段情誼。然而念舊的我，還是捨不得汰換，依然選擇撐起它，走進每年雨季的第一場雨。

浮想聯翩之際，房內也逐漸通亮，這一夜關上門後的短暫流浪，也好似迎來了盡頭。窗裡的我來不及收拾滿室的混亂，窗外的天光卻自作主張，迂迴地映照每處隱密的角落，讓所有的無人知曉，都無處可逃。

身子倚著不見風景的窗臺，臉頰掛著預報未提的落雨，我真的徹底醒了，世界卻前所未有地像場夢，教人無所適從。

直到手機鬧鈴分秒不差地於七點一刻響起，打破這進退失據的僵局。

作爲鈴聲的愛曲，自設定以來就從未更換，日復一日地用不變的旋律將我喚起。多數時候，我會直接按停，偶爾也會任由它持續播放，如歌詞那般吟詠著灰飛煙滅、心火重燃，仿若要告訴自己，倘若日子不知所措、旅途無路可走，那不如就回到生活中，在時間裡漫遊。

伴隨樂聲悠揚，隱約間，我開始聽聞房外家犬的騷動、屋外人車的往復。其實滂沱並未離開，仍舊嘩啦啦地落著，然而當我習慣它的存在，明白雨季終究會來，耳裡便不再只有一種音量、一種聲響；當我能接受自己的紊亂，學會邁向該來的未來，渾身濕透便不值得恐懼，不過都是成長之路的必經。

於是我下定決心，推開緊閉已久的門走了出去，擁抱這一切嶄新。

02

Alleyway

巷口

家，是什麼？

那是每逢晨明，張開眼睛，在對於這重啟的世界感到任何一絲惶恐之前，先一步撫慰自己的場域。告別長夜的繚亂夢境，擁有一覺醒來的熟悉，才得以放心地與未知相遇。

在不同人的版本裡，家的位置與坪數千差萬別，但論起基本格局，則大致雷同。舉我家為例，城郊山邊的舊公寓五樓，由一間客廳、一間廚房、一間書房、兩間臥室、兩套衛浴以及前後陽臺所構成。不大不小的空間，恰好能容納迄今的人生。每個階段走過的紀念，或妥善收藏，或信意疊放，都亂中有序地承載著過往。

然而，家也並非時刻安寧。

同住生活的摩擦，難免化作言詞鋒利的各執一方。當分寸難以拿捏的關愛成了窺探，一個不小心，完美的風暴便將襲來，動搖積累不易的信賴。雖說風雨終會平息、沸騰終將冷靜，但隨著年紀增長，懂得退讓的我們，也在家的格間布陣防衛、藏掩祕密。刻意隱瞞的、視若無睹的，其實都是潛在的痕、未爆的彈。與生俱來的家人，更是要用一生學習共處的家裡人。

當然，家的範圍遠不止此，起碼對我而言，也得算進門前的長巷。

這條僅供單向通行的窄巷，兩旁樓房林立，寓居其中的臉孔依地緣關係名為鄰居，但以實際情況看來，實為陌生人。明明共享著同個社區環境，卻是鮮少打過招呼、若有似無的聯繫。有時我也感慨於自己的冷漠，可依舊神情漠然地與人群擦肩而過。不搭理、不交錯，是當今社會深植於身的反射動作。

長巷的一端，連往市井喧嚷，街坊鄰里的疑難雜症、口腹之欲俱能於此滿足；至於另一頭，則相對單純，主要通向擔當交通樞紐的公車站，各種路線的車輛皆匯聚此處。假若家的範疇囊括巷口，那麼這裡，便標示著每日旅程的起與終。

可說來慚愧，在此生活二十餘載，我卻只將這條巷道視作途徑，總是步伐匆忙地履過，從不多作停留，更遑論聆聽它的訴說。及至疫情期間，家裡多了位新成員，一隻溫馴可愛的柴犬，自此改變我的視界，也賦予長巷更多意義。

晨間固定的遛狗行程，是最幸福的煩惱。每天睡眼惺忪地推門出行，可能左轉，又或許右拐，沒有既定的方向，端視當下心情而定。小狗倒是無所謂，在路上走走停停，不知不覺間，也令我留意起巷弄裡再尋常不過的光景。

好比有戶住宅，門前庭院綠意蔥蘢，宛如水泥磚牆裡難得的一方天地。花團錦簇之中，有盆格外漂亮的植栽，總是失去平衡地朝側邊翻倒。每回見著，我都會順手將其扶正，直至一段時間後，就幾乎再沒見過它的傾倒。或許是根基成長趨向穩定，總算覓得自己的重心；又或許是吹過太多狂妄的風，經驗已使它學會阻抗。我的舉手之勞稱不上善行，更像過路人的鼓勵。如今嬌豔盛開的它，令空氣裡飄起淡淡花香，揚起好心情之餘，就連家犬也愛在此逗留。

又好比從巷口昂首望去的天空，同樣教人驚喜。有時屋外鳥啼，起得特別早。朝陽初上、熹微晨光，天邊雖已逐漸絢燦，卻仍維持一定平淡。這般色彩似曾相見，總使我憶起童年愛不釋手的某款軟糖，具體的形樣與品名都已遺忘，也從未在商鋪裡找著。如今與它的連結，似乎僅留存天空之中。

倘若不是因為停下，在等待的同時順勢抬頭觀察，或許就無機會與兒時記憶重逢。每每思緒至此，我都會蹲低身子撫摸柴犬的頭，衷心感謝牠的出現。而忠心耿耿的牠，總愛雀躍地搖起尾巴，大咧咧地張嘴傻笑。後腿一蹬，奮力向前，把這條分明走過千百回的巷弄，當成前所未有的大冒險。

正因如此，我也間或能在這條路上，看見過去的自己。

那些求學階段補習晚歸的夜，是肩上厚沉的書包，把腳步壓得笨重。也想儘快返家，卸下一身負累，卻又不知該如何面對家人的期待和責難，總在下了公車後徘徊街邊，久久不歸。焦慮形成壓力，壓力堆成火山，心頭悶悶地似要爆發。那時的巷口，路燈沉默不語，亦無法分擔。它只是默默地放著光，稍稍點亮前途的迷茫。

畢業後，我成為周遊列國的旅者。每趟遠遊後的滿盈行囊，都無法減緩思歸的渴盼，總要在下了公車後，三步併作兩步地朝家門奔去。彷彿遠在巷口，便能聞到母親預先煲好的熱湯，和擺滿餐桌的飯菜香。心底知道有人在等，那是看遍世間旖旎，都替代不能的風景。

流光似箭，倏忽即逝。最近身邊的人，開口閉口總在喟嘆，感觸良多。年曆一本又一本地換，每張撕下的篇頁都不輕盈，亦無從捨棄，徑直累疊己身的年歲，也染白父母的鬢間。沒有計劃地在人生裡奔逃，終究會被責任與義務後來居上。或許從今以後，再難從容，但至少我已學會偶爾停步，更已懂得適時回首。

時間恍若急湧的湍流，時間，也不過只是熟稔的巷口。至於那些來回反覆的，都成了生活。

而新的一天，又將如約地走過。

03

TOKYO

08:30 東京

我知道，我總有一天要回來的。

只是從沒預想過該在何等季節、懷揣何種心態，肩起厚重不減的背包，伴隨晨間電車窗外搖晃的港灣，再次抵達台場海濱公園的沙灘。

是否這樣做，就能與二十歲重逢呢？

當年的那個男孩，深受旅遊書籍的啟發，嚮往著於至關重要的年紀，展開一趟專屬於己的旅行。在與爸媽幾度商討後，總算獲得一張飛向日本的機票作為成年禮，由此踏往旅人的長路。

如今回想，東京，理應即是所謂的起點吧。

斷斷續續的回憶裡，我仍記得自松山機場起飛前的忐忑不安，記得飛抵蒼穹時的遼闊無邊，當然也記得準點降落羽田機場後，那場毫無預警的雨落，像是有誰正喜極而泣，慶賀著一名旅者的初探。步出濱松町車站，熙來攘往的十字路口前，人流同車龍如梭交錯，唯有我不疾不徐，停在能縱覽東京鐵塔的街邊，欣喜不已。

那是趟滿載而歸的旅程，我幾乎逛遍所有著名的景點，感受著與旅途頻率同步的心緒。有六本木 Hills 展望台獨賞夜景的孤獨，有踱步惠比壽餐館門前無膽走進的怯懦，有井之頭恩賜公園悠閒躺臥草地的寫意，更有望向原宿街頭時髦男女的欽慕之情。太多的太多，如萬花筒般目眩神迷，教人難以計數。情感的肆意波動，源於當下的無拘無束，如此赤裸，卻無須粉飾。畢竟說到頭來，這終究是一個人的旅行。

遙記返臺那天，我特意早起，把握剩餘的時光，搭乘百合海鷗號朝海濱公園去。駛離了鬧區，拉遠了距離。視角轉換後，反而得見全貌，方能不疏漏地將東京留藏心底。

早晨八點半的台場，氣氛不比夜晚浪漫。沒有成雙成對的情侶，僅有西裝筆挺的上班族，步履匆快地像連自己都要拋下。褪去了夜色的偽裝，天際線的繁華亦更顯清晰。白天的彩虹大橋，就只是座橋，不扮演著誰甜言蜜語裡的隱喻，進抵不了人心撲朔迷離的岸，反倒凸顯橋體本身的壯觀。而眺望的視線，再左顧右盼，終會聚焦回那即使為高樓大廈藏掩、也一眼能辨的鐵塔。無論身在何處，我總是不自覺地尋起它的蹤影，仿若別具寓意的城市座標，即使望不見，腦海憶起，亦能安心。

離情依依，難捨難分，於是我笨拙地將手機架上背包，試圖在打道回府前留影紀念。這張相片，效果並不好，後來卻長時間地設成手機桌布，更曾作為我獨立印刷的作品封面。

「媽媽妳看，是東京鐵塔呀！」

頭一回帶上母親出發海外旅行，是在楓紅尾聲的晚秋。我們憑著一張廣域周遊券，以東京為據點，前往鄰近的區域觀光。在鎌倉冷風刺骨的大海面前，用熱騰騰的紅豆湯驅離寒意，搭著復古的電鐵駛回夏季；在輕井澤騎著單車穿行林木挺拔的山間，還不忘停在木屋前幻想山居生活的豐實與簡約，直到鄰近的房仲熱情地遞出傳單，我倆才倉皇逃離；在河口湖旁的神社，富士山毫無保留地展露眼前，那山巔約略的積雪、地面成堆的落葉，都是時節轉換的風物詩。當然，每天返程路上，總要等到鐵塔映入眼簾，連聲驚呼之餘，才有回到東京的感覺。

將喜愛的景緻與媽媽親自分享，反倒比隻身遠行的獨享，來得更具意義。透過這樣的旅行，也逐漸讓我們在家人的表象之外，開始真正地朝彼此走近。

「據說，能一起看到東京鐵塔熄燈的情侶，就會幸福美滿喔！」

臨時起意的聖誕假期，未能提早規劃，飯店價格均已水漲船高，遠超預算。可為了不讓心儀的女孩失望，我轉而用 Airbnb 在赤羽橋附近訂了個短期公寓。本來不抱期待，只求有處過夜，卻驚喜地坐擁一覽無遺的鐵塔窗景。於是我半開玩笑地，談起流傳多時的都市傳說，卻無人當真。可能我們都還太過單純，總以為幸福唾手可得。

氣氛最曖昧的那一夜，我們搬離了公寓，路過雷門高掛的燈籠，住進淺草河畔的商旅。辦理手續時，櫃檯人員驕傲地自薦起頂樓的景觀浴場。於是我倆聽從建議，在那能俯視隅田川對岸風光的露天足湯，吹著迎面而來的晚風，緊緊地相互依偎。奇怪的是，望著眼前的晴空塔，我的心裡卻止不住地想起東京鐵塔。

是否錯過了熄燈，就沒有幸福的可能？

或許吧，那竟成了我們的最後一趟旅程。沒能等到燈滅，感情反倒先一步黯淡。

一轉眼，十年後的台場，如往的早晨、迥異的年歲，我再次歸返起點。頂著高照豔陽，除了這罕見的猛暑氣候，放眼望去，一切都與當年相差不遠。

啟程前，我本想揹起當年的背包，回到初始的原點。但翻箱倒櫃後，辛苦找出的背包已嚴重發霉，背帶亦不牢靠、搖搖欲墜，只得悻然作罷。可我突發奇想，剪下背帶的一段，放在身上，伴著我此刻走返海濱公園，也陪著我於昨夜登上這些年來慣於遠望、卻從未親臨的東京鐵塔。

「第一次來嗎？」

趕在最後入場時段，漆成紅色的電梯門前，僅有遲來的我兀自等待。藏不住的興奮之情，感染著身旁的工作人員，於是他禁不住好奇地，隨口問起我的旅行。

「該說是第一次嗎？無論如何，每次回來，都像第一次呢。」

「也對，這就是東京鐵塔的魅力啊。」

還來不及釐清圍繞鐵塔而生的萬般思緒，高速運行的電梯已將我送抵百餘米高的展望平臺。這般海拔，實在不值一提，但凡周遭新建的商辦住宅，都能輕鬆凌駕其上。然而即便是晴空塔、六本木 Hills，乃至於新開的話題地標 Shibuya Sky 都撼動不了它的地位、它的經典。

瞭望臺面積並不大，迅即能繞完一圈。我依依不捨地佇留某扇落地窗前，因為自此下望，恰好能瞥見三條道路巧妙相會，搭配夜裡映亮的橘紅燈光，宛若成了另座東京鐵塔。不著急離開的我，索性席地而坐，竭盡所能地想待至最後一刻，卻依然沒等到燈熄的瞬間。

被時間緩解的遺憾，終究是個遺憾，不可能風輕雲淡。可即便如此，倒也無所謂了，能在熱愛的城市，執拗地做著傻事，我其實早已是個幸福的人。

如同我始終相信的，那總有一天，便是今天。

我也心知肚明，就算身邊的陪伴，最終都將不免俗地離散，至少東京永遠都在。見證男孩踏上路途，踉蹌地走過旅程的歡快與悲苦。比起身邊來去自如的淡薄情分，或許這樣恆久不變的約定，才是值得傾盡一生的投入。

於是我從口袋裡拿出那只背帶，像是自光陰裡擷取一段過往，輕放在公園的樹下，任其生長，盼它茁壯。這並非什麼時光膠囊，不過是履行承諾後，發自肺腑的欣慰與感謝，也用以提醒這片風景，我曾回來過。一切都好，別來無恙，願你也好。

重新出發前，靈光乍現，復將相機放上背包，試圖如法炮製地再次合影留念。

人沒長進多少，依舊笨手笨腳，但至少我已能熟練地享受，享受著所有長途當前的遭逢，也享受著既悠遠又須臾的等待，等待著下個十年，再與自己遇見。

04

Morning Monologues

早場電影

盛夏的臺北，自朝晨起便酷熱難耐，街頭瀰漫著一夜未散的暑意，幾乎要人喘不過氣。

往戲院快步走去的路上，暗自忖度幸有綠蔭遮蔽，本想透過葉縫看上幾眼湛藍的天，卻差點迎頭撞上身著制服遊蕩的少年。或許同是早場電影的觀眾吧，我沒有放任心中生成過多庸人自擾的疑問，逕自轉進劇院，熟門熟路地找到對應的影廳。表訂五分鐘前愜意落座，是剛剛好的從容。

打從學生時代開始，我便常獨自觀影。

猶記得高中對面那間規模不大的影院，外裝斑駁，又專門播映冷門生僻的文藝片，生意自然冷淡。我常假藉補習的名義，於放學鈴響後溜進影廳，在迫切想逃離一切的年紀，遊走在一個個虛實相間的夢裡。

售票口的阿姨有著上了年紀特有的關心，一雙看熱鬧不嫌事大的雙眼，滿溢著對校園八卦的憧憬。而我總是害羞地低頭不語，待票到手後，便箭步奔向電影。位於地下室的影廳，空間狹仄，不比學校視聽教室大上多少。陳舊的座椅，可見飲料潑灑的水漬，不但清潔隨意，還自帶一股難聞的塑料味，更別提那嗡嗡作響的冷氣運轉聲，整場如影隨形。但這亂象叢生的觀影體驗，反倒使我心神安定，久而久之，甚至備感溫馨。

有時影片太長，趕不及於返家門禁前看完，只得中途推門離開。有幾回被好事的阿姨發現，她還會貼心地問道：「不如明天放學，再來把後半段補完？」

福利實屬誘惑，可我不曾厚臉皮地嘗試過，在懵懵懂懂的年歲，總是習慣半途而廢。

高二那年暑假，老舊的戲院猝然歇業。新品牌宣布接手後，隨即展開為期一年的翻修。得知消息的我，從書包翻出整疊沒能用上的電影兌換券，作廢了也捨不得丟棄，連同心中不少不多的悲傷，一併藏進抽屜深處。

電影總歸是要看的，遂轉移陣地，改往人潮群集的西門町。作為引領潮流的基地，影院的選項更加多元、設備亦更加新穎，但對於一名十七歲的少年來說，內心卻矛盾不已。那些隨處可見、年齡相仿的面孔，總是一身前衛的裝束，或蹲在街角模樣兇狠地抽菸，或躲在巷末深處鬼祟地交易。我深怕沾染叛逆的氣息，卻又不得不為了觀影涉險。阡陌縱橫的青春走過，慶幸我從沒迷失在六號出口。

高中生活的最末年，對街煥然一新的戲院盛大地開幕，我卻一次也沒走進。正活在升學惡夢中的自己，再無閒情逸致，每多看一部電影所招致的學習進度落後，都像種不可饒恕的罪過。我無須遁身黑暗，因為黑暗，早已無時無刻不籠罩著我。

升上大學後，相對自由的作息有如撥雲見日，令我得以重返影院，甚至迷上早場電影。

晨間營業的劇院並不多，幾番探查後，我更偏愛林森公園旁的秀泰影城。儘管離家較遠，但搭乘公車穿城而過，搖搖晃晃地去赴一場早晨的約，也算種不慌不忙的浪漫。若再碰巧遇上一人包場，更是難能可貴的幸運。

那般可遇不可求的場合，是種無以名之的寂靜，隔絕了外在喧鬧，卻又能與放大的孤寂坦然共處。看著看著，有時還不免產生錯覺，以為銀幕裡的角色是刻意為我演出，一句句臺詞亦成了面對面的交心傾訴。

光陰荏苒，學生時代早已謝幕，人生的起伏卻才剛揭幕。如今走進電影的我，已經不是為了逃避什麼，而是想要重溫什麼，甚至預習什麼。那可以是一趟旅程的聚離、一段情緣的始末、一場生命的送迎，抑或以上皆非，純粹是一次精神上的抽離、心靈上的複印。電影帶來的可能性，往往超出我所想像，卻又似曾相識，仿若播映著自己。那些年少的徬徨失措、成長的沮喪挫敗，在他人譜寫的劇本裡，有時亦能感受情節雷同。然後明白，不過是同種生活。

差不多的時間點，偶能碰見幾位同樣獨來獨往的觀眾，我試圖歸納彼此的共通點，可總是一無所獲。也曾想過鼓起勇氣，探詢對方來歷，又怕過多的言詞叨擾，落得兩敗俱傷的境地。長大後的城市裡，已沒有令我避而遠之的區域，我卻比任何時候都擔心越界。背包客那套路途萬用的搭訕之詞，終究無法照本宣科地適用萬般經歷。

同場入座的我們，或許有緣，卻是空有交集。保持黑暗，保持距離，自顧自地沉迷，燈亮後旋即分離。畢竟話說回來，似乎唯有散場，才能真正地完滿一部電影。

論起最近一次的觀影經驗改變，則歸咎於疫情。

在防疫旅館隔離的日子裡，時間前所未有地漫長。百無聊賴的我，只能透過筆電複習幾部鍾愛的旅行電影，以消磨這被無端偷走的時光。看著Julia Roberts在義大利體驗「無所事事的甜美（Dolce far niente）」，看著Ben Stiller在喜馬拉雅山嶺的雪豹前領略何謂活在當下，看著Reese Witherspoon在太平洋屋脊步道蛻變重生。熟悉的故事精彩不改，卻不再悸動與震撼。

線上串流的崛起，固然方便人們隨時隨地加進視聽，卻也在奪去最重要的儀式感之後，一併減去與演員羈旅天涯的共感。那時候我才發覺，原來在疫情剝奪的所有日常裡，電影院竟教人如此念想。

「如果看不完的話，就明天再來吧。」

同樣懷念的，還有自從習慣早場電影後，便再無機會聽聞的話語。

除此之外，明天也有明天的計畫，今日事倘若不今日畢，便好似拖泥帶水、蹉跎光陰。成年後才開始叛逆的我，縱然會在心底咕噥著不同意，但面對這約定成俗的處世規矩，也難免無力，只得順應。

但以前可不是這樣的呢，至少在我曾踏實走過、一去不返的年代裡，其實還有過溫柔。

05

Listening Test

聽力測驗

「拜託，別再說了，我真的聽不懂。」

直白至極的論述，並非源於常年熱播的鄉土電視劇，亦與街頭情侶的口角衝突無關，而是此刻坐在教室進行語言檢定的我，內心聲嘶力竭的呼喊。

這節考試，是我最不擅長的聽力測驗。一切矛頭都指向設置於講桌上的音響，正播送著情感冷冰的語句，不待人明瞭對話的前因後果，遂已無情地切換下一題。積累的困惑，逐漸加重焦躁，隨著時間一分一秒地流逝，我的思路也愈來愈像顆亂作一團的毛線球，糾結又膠著。

臺前的監考老師雙手抱胸、表情凝重，探照燈般的眼神來回掃視著考生，似在進行一場勢在必得的搜索。而我心神不寧，左右調整坐姿，僵硬的椅背對成年人的脊椎實在不太友好。

或許是脫離校園太久，眼前教室的一切都令人感覺疏遠，但桌面清晰可辨的立可白畫痕，倒又勾起幾分懷舊。我開始想像這套課桌椅的主人，企圖用手邊僅有的線索拼湊他的學習生活。是否他也和我一樣，總在現實教人一籌莫展時，選擇放飛思緒、肆意巡遊呢？

等等，我究竟在做什麼？

一恍神，竟又犯起身為寫作者的老毛病，在最該專注的時刻胡思亂想。試題本都已翻頁幾回，卻依舊抓不到測驗的節奏，屢屢滯後。鴨子聽雷的我，木然地望著相似的選項，乾脆兩手一攤，將作答交由眼緣臆斷。出於本能地想向鄰座求救，這才意識到大學時光的遠走。如今身邊早已沒有會手比暗號的善心同儕，徒有張素昧平生的面孔，看來同樣困窘。

聽解，一貫是我的弱項，但在就學時又難以規避，必須修習相關的俄語視聽課程。總之，身為一名外語學院的學生，時常有被發配邊疆之感。系上的課總是安排在離校門最遙遠的半山腰，若不搭乘接駁巴士，便得憑靠雙腳爬過那說長不長、說陡不陡，走來仍會耗費些許體力的山坡。不同於多數學生早起的懶散，朝氣蓬勃的我，總捨棄站牌前的綿亙人龍，利用步行提神醒腦，好應對接下來整日的外語轟炸。

有趣的是，我常於上山途中遇見系所的某位俄國籍老師。打從入學起，她便負責教授會話，換句話說，意即每天雞同鴨講的對象。她的肩上長年披著不合時節的薄紗，舉手投足之間滿是優雅，總愛在山坡旁的林蔭棧道來回踱步，偶爾停下仰望枝葉，猶如正與樹木對話。

路過的我，時常好奇著她來赴這裡之前的人生，為何鍾情徘徊於這片林間？是否遠在萬餘公里外的家鄉，也有相像的綠意呢？

「與其說神祕，我倒覺得，是因為我們還無法與她溝通。」

晨間的視聽課堂上，緊挨身旁的好友，一邊翻開課本頁面，一邊分享自身見解。

雖說沒有固定的座位分配，大夥兒卻都具備默契，與熟識的同學坐在一塊。說好聽是方便交流，說難聽點，是為了互相救助。畢竟這是堂教授會持續點人答題的課，除非抱持百分百的把握，才有本事單槍匹馬地應對，否則還是擺出團體陣型較為安妥。

「當我們使用陌生的語言時，很容易詞不達意，只能在掌握的單字當中，去組合成貼近想法的表達。但那終究不夠完整，有時我都感覺自己口是心非。」

朋友的一番言論，使我連聲贊同。舉切身經驗為例，有回老師問起眾人的早餐，我只好昧著良心回答黑麵包和魚子醬，因為那是當時所學到的僅有詞彙。儘管難以接受這般食物組合，但要甫踏進俄語圈的我，在不過數秒的反應時間裡，精確地答出蔥花鮪魚三明治夾蛋配大冰奶，倒也堪稱天方夜譚，只好先委曲求全地保持俄國民眾的飲食愛好。

「或許有天，等到能力足夠了，我們才會都敞開心扉，也才能真正地理解吧。」

彼此之間語言程度的落差使然，對我來說，再多課堂的對話訓練，都更像單方面的聽力測驗。我們就像每週定期見面的陌生人，在下課鐘響後飛快地離散，誰也不夠認識誰。

直至畢業那天，感覺整整四年都靠課本例句溝通的我，終於勇敢地走到老師面前，拋開所有制式化的模仿，頭一回將自己如實表達。

「我還是名新生時，入學的第一堂課就是您的會話課。彼時的我，還沒交到新朋友，對俄語也一竅不通，但在那堂課上，雖然無法意會您說的任何字句，卻不知為何地感到安心。所以我告訴自己，這裡就是最好的歸屬地。轉眼間就要畢業了，離校前的最後一堂課，又巧合地是您的會話課，彷彿讓故事得以圓滿結束。真的非常感激，能與您相遇。」

我嘗試以僅有的詞彙量，和支離破碎的文法，將內心最真實的感想抒發。我永遠不會知道她聽明白了多少，但至少她開心地笑了起來。瞇起的眼角旁，未有太多光陰的皺褶，只有一貫和善的面容。她傾身向前，給予我一個擁抱作為離別的祝福，在我耳畔輕聲地說道：

「那還真是命運啊。」

「命運。」

在已經完全失神的聽力測驗裡，突然耳聞播音唸出的關鍵字詞，雖是不同語言的表述，卻擁有同樣深刻的涵義。於是我不假思索地拿起鉛筆，在作答紙上塗黑對應的選項。儘管根本沒搞懂問題是什麼，卻直覺地認定，這便是一切的正解。

伴隨鐘聲鈴響，痛苦的檢定考試總算落幕，方醒於回憶長夢的我，不計形象地伸了個大懶腰。當嚴肅的監考人員路過時，我毫無把握地遞出答卷，如以往大學那般，如現今生活這樣。

拎起背包走出教室，人群湧動中魚貫地離場。昏暗的樓梯間裡，模糊的廓影是不復存在的自己，唯有迴盪不已的跫音，一如既往地熟悉。

可我慢慢地走著，總會慢慢地遺忘。那些始終聽不懂的，終有一天，也會聽不見吧。

06

House of Mirrors

周而復始的起落

調整呼吸、穩定姿勢，在內心堅定地對自己道聲：「我準備好了。」將槓鈴奮力推起的瞬間，猶如舉起了生命的部分沉重，然後順著來時軌跡，下放回至原點。僅僅持續數秒的動作，彷彿什麼都沒改變，但雙頰略微的脹熱、肌肉些許的緊繃，正是方才訓練的例證。坐起身來，仍有些暈乎乎的，而環顧四周，這一張張晨間運動的面孔，皆是奇妙的緣分。我們總在相近的時間點，步入設備齊全的健身房，即使目光時不時地交觸，卻幾無開啟對話的可能。轉身之後，都依照各自熟習的路線，專注部位不同的鍛鍊。

然而身處明爭暗鬥的當代競技場中，想望再明確，也偶爾難敵熱忱散渙的時刻。茫然地站在分明駕輕就熟的器材前，提不起勁，亦加不了重。一股莫名揚起的倦怠感，排山倒海而來，當你試圖抵抗，卻反倒陷進，在流沙般的舒適圈裡，無法向前拓展，也不甘退後捨棄。此時任何一點體重計上的數字波動，都將宛如燎原星火，嚴重地干擾生活的運作。

假若真要追根究柢，那些遍布社群媒體、健壯魁梧的身影，可謂是一切的肇因。初看教人熱血沸騰，細看使人意志消沉。雖說健身不過是場關於自我的戰爭，你卻還是壓抑不住生而為人的本能，總愛無謂地攀比、過度地否定。明明嘴上說著不在乎輸贏，望向鏡子時，卻又看不見自己。

可說到頭來，我們也非罪不可赦，只是迷惑了方向、遺失了動力，困在周而復始的起落裡。

日益蓬勃的運動風氣，使得愈來愈多人踏進重量訓練的領域。然而僅憑一腔意氣，難以走遠，畢竟這是個要求極度自律、甚至不見終點的長旅。一段時日過後，總會有人止於半途，帶走一身不見起色的軀殼，和滿腔滿腹的疑問，只把過程看成付出，而非視作禮物。

我也曾是這樣的，糊里糊塗地養成運動習慣，從起初的抗拒，演變至後來的喜愛，也是長期的摸索與探尋。追溯源頭來看，應當是畢業後的部隊經歷，影響尤為深遠。彼時每日清晨的慢跑，雖然折磨，但我始終記得里程達標後，就地仰躺時眼底所能望見的天空。那是圍牆壁壘擋不住的遼闊，宛若日常以外的片刻解脫。

退伍後，我換過三間健身房。一間無故停業，一間路程遙遠，最後在朋友引薦下，落腳於城區某間擁攬市景的連鎖俱樂部。

早晨十點的健身房，來客數恰到好處，器材不爭不搶，正是適宜運動的時分。

通常我以滑步機或跑步機醒腦熱身，一邊規劃今日的課表，一邊醞釀訓練的氣氛。短暫的有氧過後，便手持盛滿的水壺走往二層，路過熱火朝天的團課教室，在啞鈴疊放的自由重量區，總有熟悉的臉龐等候著。

有位永遠身穿同件鐵灰背心的中年大叔，永遠在一樣的位置，做著一樣的動作，毫不遮掩地展示他這個年紀特有的執著。多管閒事地觀察了好一陣子，解謎失敗的我，依然沒能搞懂他的目標和衣著。又或者，某位年齡相仿、身材壯碩的男子，總是有模有樣地擺弄著比賽姿勢。曾經我也在心底將他視作假想敵，鞭策自己進步，直到某天意外撞見換上教練制服的他，自不量力的我立刻打消了念頭。

除此之外，還有件趣聞。

某回組間休息時，我端詳起陳列教練資訊的看板，察覺有張臉孔特別眼熟。用姓名一查，豈料竟是臉書好友。透過對話紀錄考古，將遠去的光陰回推，這才記起他是高中好友思慕的隔壁班同學，至於我的角色，僅是單純負責傳話的中間人，無故捲入花漾少女的戀愛煩憂。如今想來倒也幽默，苦苦央求的，始終不得緣分；被迫交集的，反而在大千世界裡於同間健身房聚首。

來來往往的人們，日復一日地相遇，情誼點到為止，而容納故事的場域，則在不同的時段，變換著迥然相異的光景。

有時工作棘手，無法遵循晨間重訓的慣例，我便會利用一天剩餘的空檔進場，也像闖入未曾見聞的世界。好比正午時分，步履匆急的上班族潮水般地湧入，用最快速的動作換裝，以最高效的方式操練，再如疾風般地飛速離去。午休時光如此珍貴，他們的體力和毅力都著實教人崇敬。

當夜幕降臨，場館又呈現另種樣貌。夜店般吵嚷的環境裡，汗水交雜喧嘩，就連烘托氛圍的背景樂聲，都被掩蓋音量。搶手的設備像是熱門的遊樂設施，人們看似禮貌地用手勢排隊，有意無意的眼神卻更像威脅。倘若沒個幾兩重，還真沒本事占據一方。

幾番體驗過後，我依然鍾情早晨的健身房，最能讓人專心致志，鍥而不捨地直面挑戰。

生活當中，無從控制的事情太多，有時努力不等於收穫，有時收穫不被人認同。至少健身這檔事，得以讓人掌握自己的節奏、遵行自訂的規矩，在突破中緩慢地成長。沒有倏忽而至的結果，只有循序漸進的累積。儘管過程難免沉悶，也不免疲倦，但幾度跌墜後再次爬起，重新站穩後反而懂得感激，我們也能明白，起起落落既是至理，更都是自己。

雖然沒有運動習慣的家人，三不五時就愛嘮叨，總是不懂健身的樂趣何在。也曾費盡唇舌地解釋，及至後來才明瞭，擁有一份熱愛，其實是件寂寞的事。拚命地分享、竭力地傳遞，或許無法帶來任何轉變，但若能在反覆的訴說當中，進而篤定了自身的熱愛，這何嘗不算種美好的回應？

調整呼吸、穩定姿勢，其實人啊，怎可能盼來萬事俱備的時刻？所以一天天地走進，一遍遍地練習，那些關於生命的重量，我總要拿得起，才能放得低。

07

SHANGHAI

11:00 上海

聽說上海，已經好長時間沒下過雨了。

入住位於陸家嘴的文華東方酒店時，負責接待的公關一面帶我參觀館內的藝品陳設，一面望向窗外靜默流淌的黃浦江，語氣略帶感慨，輕聲地說起入春後的異常天氣。我漫不經心地附和著，畢竟距離上次回滬已相隔五年之久，對於這座城市蓄積的熟悉，似乎也都悉數歸還，自然無法對氣候變化評價什麼。

唯一能與印象相作對照的，或許僅有本以為發展飽和的陸家嘴。不料一段時間未訪，竟又拔地而起多棟摩天高樓，讓這片政府特許的金融貿易區進化成更繁華的樣態，也應證了美籍攝影師 Andreas Feininger 的那句名言：「我將城市視為一個有機體，充滿活力，有時狂暴，甚至野蠻。（I see the city as a living organism: dynamic, sometimes violent, and even brutal.）」。

推開房門，本來擔心身處鋼筋水泥構成的垂直叢林之中，即使下榻的房型面積再寬敞，拉開窗簾後，也徒有鄰近樓棟慘白黯淡的窗，既被包圍，也像被窺視。然而幸運的是，從房間向外探去，恰好得以避開所有可能阻擋視線的建築，讓東方明珠塔能夠完好無缺地映現。就像湊齊了缺失的拼圖，直至見到它的那刻，我才感覺關於上海的記憶，潮湧般地歸返。

隔日早晨，聽取對藝術鑽研頗深的公關建議，我靈巧地循著行道樹的綠蔭，一路躲避戶外火傘高張的天氣，步行到江邊新落成的浦東美術館。

週間上午，遊人寥寥，逛起展來舒服又自在。遺憾的是，不巧碰上換展空檔，因此大多樓層皆不開放，徒留幾件主要館藏和過渡期間的展覽，怪不得人潮稀疏。倒也無妨，本來就是不帶預設立場地走進，看見什麼，都屬美好的相遇。

於是我站在名為《引力劇場》的巨型裝置前，瞠目結舌、震懾不已，試圖釐清作者是如何在挑高三十公尺的展廳內，設立一個由高處垂向地面的文字漩渦，讓平面的文本，彷彿受到引力牽制，進而翻轉變形。為了更好地觀覽作品全景，我走到地板盡由鏡面鋪設的底層。視角更替，亦像調整語境，從這裡仰頭望去，下墜的字彷如滂沱裡難辨的雨，無從貫通，也無從閃躲。所有對話過程裡不可避免的拉扯和扭曲，雖沒真的讓誰濕透，卻也都落在眼中。

直上三樓，唯一特展「時間的輪廓」取名奧妙，由大洋洲一帶的藝術珍品所組成。展覽以「遠航」、「祖先」及「時間」爲子題，意圖向觀者勾勒出一個圓，沿線講述著後人如何透過貼近生活的創作，在精神上揚帆遠航，尋回與先人之間的牽繫。原來世代相依的海洋，既能觸及昔日，也能連向來日。

探了內核，亦不能忘了外在，論起美術館建築本身的亮點，當屬位於頂層的觀景平臺，坐擁最顯無價，且仍在創作的展品。

多年來數次遊覽上海，已慣於自外灘遠眺的視野，這算是頭一回，讓視線從陸家嘴出發，望回江的對岸。那些乘載百年風華的萬國建築群，白天看來，雖不比夜晚絢爛，但褪去了刻意明亮的光，反而露出時代無聲踅過，無端堆積的靜穆與莊嚴。

回過身來，近距離的高樓也更顯龐大。這一座座不受限於畫框的作品，雖然張牙舞爪，倒還談不上壓迫。只是生活於此的人們，沒有觀光客的閒情逸致，自然不會懂得昂首欣賞，終究淪為路過的習以為常。若再把自己在城市遭遇的情緒與風景綑綁，好像樓蓋得愈高，反倒愈能突顯人的絕望。

然而社會的絕望，其實與建築無關，並非抬頭望出來的，而是低頭看出來的。

昨日午前，我抑制不了心裡對老洋房和梧桐樹的思念，決定回到武康路和淮海中路一帶閒晃。在令人迷失的巷弄裡，走過紅瓦磚牆，意外邂逅來自京都的% Arabica 咖啡店。不同於家鄉臺北那終日人滿為患的分店，或許是將所有運氣孤注於此，打從抹茶拿鐵到手，直至飲盡，這為綠意溫和圍裹的時光，僅有我愜意獨享。

稱心如意地返回大道，兩旁滿植的法國梧桐，一如回憶裡的枝繁葉茂、遮光擋陽。起先氛圍悠然，讓人不禁放慢步伐，閒適怡然。然而走著走著，路前卻忽然嘈雜，甚至走不動了。蜂擁而至的遊客，全擠在身為打卡熱點的武康大樓前，一股勁兒地用手機直播或照相，絲毫不顧這瀕臨失序、只差沒拳腳相向的街頭。

當人們拒絕運用雙眼觀賞世界，當同樣的照片複製貼上每個人的視界，這便不是旅行，而是狩獵。如出一轍的行為，教人煩躁，可扞格不入的我就算再傷感，卻也心餘力絀。這終究是個被網路制約、流量至上的年代，只是在高度數位化的都會裡，更顯病入膏肓。

無論哪處角落、無論何種運具，所有人都低著頭。當我在地鐵車廂拿出書本閱讀時，對座那堪比見鬼的詫異眼光，令人大為震撼，好像我是被汰除資格的靈魂，不配乘搭這無可逆行的列車。於是我又想起 Andreas Feininger 的那句觀察，城市或許充滿活力，人們卻死氣沉沉，不再想著創造恆遠的什麼，只願耽溺須臾的擁有。明明可以長時間地俯首，卻諷刺地僅能容忍短時間的影音。其實人沒有喪失專注的能力，只是當日子乏味地只求曝光，行為難免歇斯底里，思想更無以為定。

所以相較之下，我很珍惜此刻的寧靜，本該俯拾皆是，卻是得來不易。

在美術館的樓頂，看膩了風景，也被風景看膩，遂趁著大片積雲將日光屏蔽，沿著新修的臨江步道，悠哉地朝飯店散步回去。

途經幾聲船鳴低沉，意識到已走抵泰東路碼頭。我看著來往的渡輪，頓感熟悉，直到翻出陳年舊照，才驚覺這竟是十餘年前上海獨旅時，因為迷路而搭錯船的碼頭。那時的陸家嘴雖然熱鬧，卻還像個匆促交付的半成品，港埠旁仍是亂糟糟的建地。層疊的大量鋼材總在車行過後，揚起塵土飛揚、漫天昏黃，與現今開闊的綠地形樣大相徑庭，難怪沒能在第一時間認出。

一時戀舊，於是走往水邊，河岸亦已築起新的棧道，規劃甚好。一盞盞復古造型的路燈齊整排列，讓貼近江畔的時間變得悠緩，得以暫時抛開城市的速度，遠離無故麇集的人群。我隨意挑了張長椅，淨空思緒，意圖將記憶進行一次軟體更新。不論好壞，都是最真實的城市光景。

「據說，明天好像要下雨了。」

隔壁相依偎的年輕情侶，你一口我一口地吃著迅速融化的冰淇淋，還不忘同時聊起天氣。聽聞此言，我亦拿起手機查詢，未來整週的預報確實盡是陰雨。或許出行會麻煩不少，但至少也能讓這熱過了頭的城市降點溫，收斂火氣，稍微冷靜吧。

「還是明天我們再回來這裡，看雨不也挺好的嗎？」過度浪漫的男孩，提議旋即遭到否決，還想張口多解釋什麼，先被對岸的報時鐘聲打斷。沉甸甸的，好似跨越時空而來，停步於屬於我們的這個世代，無處不在，卻無人理睬。畢竟我們太忙，忙著向下發展。

可我倒是有些期待呢，關於明天醒來後，拉開窗簾所見的上海。

但此刻飢腸轆轆，迫切想來碗蔥油拌麵作為午餐，至於其他的事，就等雨落了再談。

建设银

正午
Midday

08

Snowflakes

終身大事

從衣櫥底部翻出折皺的襯衫，糾結起顏色的選擇，同一時間我彎下腰東尋西找，堆疊的厚重衣物中藏著一條形狀盡失的領帶，像個被迫解散的約定。嘆了口氣，當即搜尋起打領帶不求人的方式，懊惱的不是偶爾遺忘，而是從來學不會。網路的教學影片試圖說得淺顯易懂，可我站在鏡子前，表現得無比笨拙。還沒來得及通曉身為大人的規矩與禮數，時間，卻一直推著人走。

念頭一閃，得將多年未穿的皮鞋自陽臺鞋櫃取出。正午時分，陽光已呈毫不保留的角度，灰塵與粉末無分新舊，在日光下沒有軌跡地狂舞。噴嚏連連的我，這才摸到鼻頭一顆蠢蠢欲動的痘，似要在最不合宜的時機，將未盡話語一鼓作氣地宣吐。

於是我更換目標，在存放藥品的抽屜裡胡亂翻找。過期的標籤，表明著藥品的失效。權且拿起梳妝臺前的遮瑕膏，與其治癒，倒不如藏匿。瞧了眼牆上的時鐘，原來分針不期然地走了這麼遠，原來參加一場重要的婚禮之前，能梳理自己的時間已所剩無幾。

她是我的青梅竹馬、住在附近的鄰居，更是從小到大的玩伴。雖說求學過程裡真正同窗的時光短暫，但人生的跌宕起伏，總有彼此的參與，城裡絕大多數場域也都留有比肩走過的身影。或許緣分的初遇，源於命運，但是二十幾年的交情延續，並不純然是運氣，更是默契。身邊朋友來來去去、若即若離，很少有誰能真的陪著誰。唯有她，伴我度過青春的兵荒馬亂，在出了社會後，還能一同笑看身後的影子，拉得多長多遠。

婚宴在一棟能俯瞰城市風光的高樓舉行，擠得水泄不通的電梯大廳裡，那些人生走向懸殊的至親好友，此刻都齊聚一堂，帶著同種祝福，前往同個去處。匆忙趕到時，恰巧碰上小學的同班同學。十幾年未見的面孔，比誰都更像陌生人。透過眼角餘光，我偷偷地用禮金簿的簽名佐證，再用幾句寒暄口頭確認。本以為重逢難免尷尬，話卻意外投機。至少比起一整桌更加生分的臉龐，我們的旅程還算有過交集。

「其實我剛剛在想，我們仨人有一起去過什麼地方嗎？」

「好像沒有，小時候的我們，根本算是不同世界的人吧。」

鄰座同學這樣笑說，也不無道理。熱愛體育的他與著迷閱讀的我，打從學生時期就像兩條平行線。比起那些勢不兩立的仇敵，這樣不慍不火的關係，反倒顯得沒有記憶。但話說回來，在乳臭未乾的年紀，哪裡存在什麼不同世界，充其量不過是籃球場與圖書館的距離。倘若真要說霄壤之別，那應當是身著潔白婚紗的她。

新娘推開大門的剎那，鬧哄哄的會場，轉瞬沒了音量。

屏氣斂息地回望，只見美麗又優雅的她，緩步朝著紅毯這端走來，尋尋覓覓的幸福即在眼前等待。一時之間，我竟慌張，錄影的手不受控地顫抖著，無法將此刻的她與腦海裡的任何形象連上。

某年暑假，晉身準大學生的我們如往常般地在街頭閒逛。夏季午後的積雨雲正在頭頂聚攏，但在大雨傾盆前，都想再陪彼此走點路。剛揮別一段關係的她，難免頹喪，儘管大喇喇的她表現得無所謂，但我比誰都清楚，故作堅強的背後，還有多少餘波盪漾。

「會不會這輩子，都找不到愛我們的人？」

「倒是有可能。」

「那樣的話，我們以後還要當鄰居，至少老了可以互相照應。」

玩笑話為了逞強，也用來沖淡不可明說的哀傷，我深信她總有一天能尋得幸福，不過在那之前，她得先學會讓自己幸福。於是我們話鋒一轉，幻想起未來婚禮可能的模樣。我倆都嚮往一場落日時分的海灘婚宴，讓誓言隨晚風沉醉，讓戒指閃爍天邊餘輝，更別提飲不盡的香檳，搭配過分甜蜜的樂曲。

「你一定要來參加我的婚禮！」

「我才不要。」

人啊，反話總說得比什麼都更認真。

於是我坐在臺下，看著這個在感情路上跟蹌磕絆的女孩，終於在對的時間遇見對的人。儘管婚禮完全不是那年的奇思異想，沒有海浪、沒有夕陽，只有窗外幾乎要淹沒整座城市的暴雨。但誰在乎呢？年少的嘻笑與許諾都已一筆勾消，我捨不得放下專注錄影的手，過去也不忍心放下我。

我總是這樣矛盾，參加婚禮時常為了別人的幸福潸然淚下，但當同樣議題落在自己肩上，卻又避之唯恐不及。打不起勁談場戀愛，就算真的開始經營一段關係，也僅在乎當下，從不企望未來。不是不相信承諾，只是我還無力承受，生活裡仍存有太多能讓我轉身逃跑的理由。

當樂聲停止，新娘亦走抵紅毯終點，放開家人的手，牽起愛人的手，迎向新的起點。宴會廳裡掌聲如雷，眾人高舉酒杯，大聲祝賀著旅途的啟程。回憶卻瞬地將我帶回多年前，我們第一次，也是唯一一次的海外旅行。

寒冷的二月，在大雪紛飛的箱根山區，我倆搭乘整路晃蕩的電車，輾轉來到僻遠的雕刻之森。那些散落戶外的藝術品，在皚白雪景中更顯意境。走得累了，身子冷了，便坐在能縱覽遠方山丘的足湯，一面喝著販賣機買來的熱飲，一面將雙腳泡得暖和。四周寂然，雪花無聲，靜悄悄地飄落眼前，仿若凝滯了當下，就連時光也被刻成雕塑，在記憶裡深切久長。

沒來由地，這個片段頻頻在腦中播映，像部只有我能看見的電影。那座異國的美術館、那個遙遠的午後，相鄰而坐的女孩已然長大，勇敢到足以接納一個人的愛意，勇敢到足以投身一個人的懷抱。一場婚禮或許不會改變什麼，習慣的陪伴仍將存在，可長長的紅毯不僅通向幸福，也接往岔路。看著摯友踏往嶄新的人生階段，儘管稱不上不同世界，但在同個世界裡清楚地認知到彼此的不同，當我今後只能聆聽，卻無法聽明，或許這樣的遺憾，也會成為我的終身大事。

「我覺得，現在這樣很幸福。」

早已忘記那年是誰先開口總結，可能是她，或許是我，其實也都不重要了。

原來回憶，並非在爾後想來才化作回憶，而是在發生當下，就注定了日後只能回憶。

那年冬天降下的雪，好像從未停過，一路綿延到這個季節，變作城裡的滂沱。但當我閉上雙眼，卻彷彿仍能看見片片雪花灑落。

落在掌間，落在心中，在誰都沒能察覺的時候，也落在了身後。

09

Love Letters

舊情書

「我敢說，你讀書時絕對是個很會寫情書的男孩。」

因節目拍攝認識的夥伴，在得知我作家的身分後，時不時地就愛開口揶揄一番。

儘管我再三否認，她仍堅信私自生成的看法。在她憑空杜撰的過去裡，我就是名花心的郵差，總在感情路上忙著寄送，卻沒有固定的收件對象。這樣的愛，聽來未免太過廉價，於是我極力辯解，卻反被說成狡辯。只見志得意滿的她，擠弄著好似看透真相的笑容，直接將我在通訊軟體裡的姓名改成情書男孩。雖說無奈，倒也詼諧，待這份約聘制的短期工作結束後，要再遇見並非易事。我開始好奇幾年後，當她無意間看到這個滑稽的名字，當下該有多困惑。

是否擅長表述愛意，並非一人之言所能評定，但回想起來，確實在學生時代收過幾封情書。

某回例行性地整理房間時，意外在床底尋獲一個陳舊的鐵盒。拍開上頭的灰塵，本來預期裡頭藏有童年蒐集的遊戲紙牌，沒料到開蓋後散發的霉味之中，竟放有數封信件。泛黃的信紙，字跡仍清晰，無論歪斜或工整，收信的那方都是自己。

拆開信封之前，便已心裡有底，知曉這些信的來歷，一股遲來的歉疚感頓時湧現內心。我並非蓄意遺忘，起初只是闔上鐵盒，是時間選擇令它塵封，直至多年後的此刻。

放下手邊本有的掃除工作，轉而梳理被淡忘的回憶，讀著讀著，也彷若墜進時光漩渦。

我嘗試透過信件署名，檢索腦袋建置的人物資料庫，發覺有些名字是離校後再無見過、自此斷去聯繫的情分。如今想來朦朧的畫面裡，依稀可見青澀稚嫩的臉龐。原來這個世界上，未能好好告別的，反而永遠活在最美好的時節。

弔詭的是，在整疊信件的底部，居然混入幾張不及格的數學考卷。這項發現來得唐突，徹底攪亂我沉浸往日情愫的思緒。年少時的無厘頭行為，往往給長大後的我們留下匪夷所思的謎題。可轉念一想，或許也動機單純，只是把不想被看見的、不知該怎麼面對的，都鎖進鐵盒，都託付時間。

翻出試卷後，當年的課堂記憶亦被勾起，回到那蟬聲如浪、繁花盛開的校園裡。昏昏欲睡的午休時光，往往結束於午後首節數學課的鈴響，在最萎靡不振的時機，對抗最高深莫測的難題。班上成績優異的同學倒是毫不在意，總是挺直腰背、春風滿面，與一貫愁眉苦臉的我形成強烈對比。

三角函數、機率統計，從選擇題到填充題，沒一個是我拿手的習題。望向批改後的作業簿，那些被紅字否決的運算過程，都需要訂正與重寫。也曾作弊，也曾抄襲，但即便因此收穫解答，假使從未真正地憑靠自己推理，便無法徹底瞭解數字的道理，只會執迷不悟，一錯到底。

成年後，不慎陷進的三角關係，複雜又難解；履踏城市街衢，擦肩而過的相遇其實有跡可循，背後盡是排列組合的可能；我用機率判斷緣分，試圖達到損益平衡，又總是擺盪不定；在如拋物線般下落的軌道裡，我祈禱冷卻的戀情能安然著陸，可最終還是粉身碎骨；倘若不擅長回推方程式，便無從在過往的積累裡為今日的爭執釋疑；即使在感情裡費盡心機證明自己，也始終畫不出等邊等距的關係。我曾以為愛情是詩句，是文藝，後來才明瞭，所有行為表象的背後，都藏有大人的數學題。

所以我也不免緬懷起，學生時代那種直截了當的愛情。是將輾轉難寐的夜晚提筆寫成信，奮不顧身地交付；是告白未果也無妨，痛快哭一場後還能重新再愛的豁達；是將喜愛深埋心底，日思夜想地暗戀大半時光也不心急；是將偶像劇都看成自己，守在電視機前認真地揣摩學習。

我們確實常在學生時代，種下衝動使然的因，開成令人啼笑皆非的果。無關對錯，那都是成長必經、也必須的練習。終有一日，時間會將我們打磨成愛恨不再強烈、懂得隱忍，卻也更加壓抑、更容易失控的靈魂。明明懂得什麼是愛了，反而不會再愛了。

難以還原彼時的扭捏和顧慮，今天的我望著手中的信件，讀來仍赤誠，想來仍溫熱，也無從補寫結局，卻又因為在已能成熟面對的年紀重新拾起，所以反倒沒有遺憾。既然未完不待續，就都別困在誰的故事裡。儘管我還是迫切地渴望一臺時光機器，並非為了更改情節，只想用來確認當時是否有妥當地回應，即便拒絕，也沒說得過分心碎。

將成疊情書安好地放回鐵盒，本想上鎖，最後只是輕輕地蓋起盒扣，推回床底一隅。在那不受打擾、共生共存的角落，時間會覆蓋新的塵埃，時間也會使我成為塵埃。

日子的軌跡，是沿著圓周率的無盡，偶爾遇見過去，就讓它過去。

因為加減乘除後，逐漸得出的這個自己，比任何時候都更明白，人生終究只能前行。

10

One Cup at a Time

午後咖啡館軼聞

他總是這樣，一身全黑的衣裳，頭戴印有店名的鴨舌帽，微微反折的襯衫袖口，不經意地透露手臂刺上的英文字樣。第一次見他，可能會被他高冷的面容所欺弄，進而觀感不佳。然而他雖不善言詞，沖咖啡的技術卻是一流，店內馥郁不絕的香氣，多半出自於他之手。

在知名的連鎖咖啡品牌工作，節奏自然忙碌，唯有等鄰近上班族的午休結束，他才能迎來喘息的空檔。櫃檯旁那擺有保留席字牌的桌椅上，他慵懶地坐臥，埋頭玩起手機遊戲。偶爾他也會起身離席，推開玻璃大門，在豪宅林立的街角旁若無人地點起一根長菸，淡淡地，送走餘下的時光。

她是個很有趣的女生，一身合襯的圍裙，和紮到最高點的馬尾。每回見到我時，都會大力地揮起雙手，歡快的眼神就像見到久未逢面的熟人。她知道我喜歡靠窗高腳椅的座位，所以總是早一步抵達，預先將桌燈點亮。不等我開口，她便直接走向開放式廚房，得心應手地泡起去冰的拿鐵。儘管有好幾次，想嘗試換個口味，卻總是不敵她待客的速度。會心一笑，倒也無妨，這難得培養的默契與慣常，總給予我一股被誰謹記的踏實感。

這是間氛圍靜謐的獨立咖啡館，隱身巷弄間，少見成群結隊、鑼鼓喧天的無事大嬸團；也少見西裝革履、江湖老練的職場大叔團。張望四周，多半是面如枯槁、神色焦慮，被各種死線苦苦追擊、掙扎求存的創作者們。所謂物以類聚，人以群分，怪不得我也常在這裡趕稿。每當寫到心煩意亂時，凝視窗外的綠意盎然，雖然無法處之泰然，至少也能享受借來的悠然。

遺憾的是，自從某日店家貼出限時新規的公告後，我便很少再光顧。畢竟生活裡已有太多關乎時間的截止線，若再加一條，我脆弱的心靈恐怕負荷不了。

她們之間親暱的互動，曾讓我以為是對戀人，後來才發覺，原來是志同道合的姐妹，是最熟悉彼此，也最能接納對方的家人。

咖啡館占地不大，昏黃的燈光、寫意的音樂，氣氛舒心又愜意。沒有生意上門時，姐妹倆便坐在櫃檯後各自看書，而她們飼養的黑狗則被委以重任，間歇地來回走動，用靈動的雙眼探察眾人的一舉一動，不時乖巧地坐在桌邊，擔當顧客的知己好友。這間店地理位置較遠，因此我鮮少前來，但屈指可數的幾次經驗裡，湊巧都是因為遇上午後的瓢潑大雨。最初只是單純躲避、等待放晴，後來養成了隨身攜書的習慣，便也能坦然地坐下，細心品味這突如其來的片刻光陰。

至於他嘛，則是個特立獨行的存在。

談不上憤世忌俗，但不苟言笑的外表之下，倒住著一位心火難滅的文藝青年。之前有過幾次，為了查詢營業時間，便點進臉書專頁翻看。不同於多數店家洋洋灑灑地介紹著自家餐點品項，這位店員兼老闆所發布的貼文，更像一則則記述日常心情的散文詩。平白淺易的筆觸，雖然欠缺華美的文字包裝，讀來反而誠懇，包括有一回他是如何送別在打烊時刻對咖啡挑剔的奧客，也包括他多懷念以往充斥人們交談聲的咖啡館，厭倦如今這被單純用來工作和唸書的場域。自覺被點名針對的我，於是開始學習放下手邊忙活，在鄰窗的座位理直氣壯地放空。原來，一個無事可做的午後，真能收穫更多。

實在太喜歡這間店了。緊鄰車水馬龍的大街，門後的世界卻不忙不慌，自有繁華一隅的節律。在裝潢設計上，以牆面的大片留白作為基調，其餘擺設皆是成熟色調的藍，簡約又洗練。除此之外，純粹販售飲品的店內，空氣裡沒有夾雜食物衝突的味覺，氛圍當然也不混亂。

前陣子幾度撲空，錯愕地站在鐵門深鎖的咖啡館前，還以為這城市又隕落了一處美好的角落。幸好事後得知是場誤會，店家只是為了更新機具設備而臨時休業。放下心頭的大石，厚盼老闆能堅持不渝，願我微不足道的力量，能支撐他繼續倔強。

這些是作為客人的我，視角裡關於他和她的尋常觀察。若反思之，在他們眼中，我又是個怎樣的他呢？

或許是那個總在固定時間推門走進、揹著厚重背包、一身運動行頭的他。如果看得出來的話，衣袖間些微隆起的手臂肌肉，證明剛結束晨間例行的鍛鍊。他擁有偏愛的座位，多半貼近窗邊，盡可能地遠離門邊，倘若不巧遇上滿席，便會不假思索地掉頭離去，似乎有著用不盡的口袋名單。面對繁複的飲料選項，他專一又無趣，不分季節都是基本款的拿鐵去冰。多數時間，他安靜地埋首於筆電螢幕後，眼神時而空洞、時而激動，像在進行一場只能獨自奔赴的戰鬥。

又或者，都沒想那麼多，我僅是個無人聞問的身影，不是誰眼裡慣於遇見的他。在熙熙攘攘的店鋪裡，更像開門閉門間一陣來了就走的風。然而我的日常，確實由無數的這般平常所組成。這些咖啡館，散見於城市各處，是除了家與健身房之外，最能令我感到自在的場所。我就像個現代版本的吟遊詩人，總循著思緒與香韻，遊牧般地往來生活。

將積欠稿件全數交出的那天，時序已至夏末。颱風警報宣布解除的週間午後，街邊仍有許多被吹落的枝葉，同我一般無所適從。聽說熟悉的街口新開了間好評如潮的咖啡館，便起心動念，欣然前往。低調雅緻的內裝、品味甚高的選樂、入口香醇的拿鐵，幾乎滿足所有成為愛店的條件。正準備離開時，赫然察覺對面坐著一張似曾相識的臉孔，幾番端詳，最後透過手臂的刺青，才得以認出摘下鴨舌帽後的他。

當我們以一個不同於以往的身分，相遇在一間嶄新的咖啡館，就好似卸下生活的重擔，走出扮演的角色。都不再是誰的他，而是活出了最真實、也最美好的我們。

這樣的重逢，無須大張旗鼓，也不銘心刻骨，反而自然自在。就像書本裡輕描淡寫的篇章，也像日子裡風清雲淨的時光，更像氤氳繚繞的咖啡香。平凡，卻又餘韻不散。

11

NANJING

14:00 南京

他們說靈谷寺是藏在市裡的山、隱在山裡的寺。

不能再同意更多了，這正巧是多年以來，我如此深愛南京城景的原因。不僅源於學生時代曾於此短暫生活過，難免偏袒熟稔的大街小巷，更因為別稱鍾山的紫金山，位置鄰近鬧區，中間相隔一座玄武湖，恰如其分的距離不會造成干擾，卻又能將湖光山色融進南京的天際線。反之，自山頭瞭望，亦能一覽新街口林立的高樓。對我別具意涵的靈谷寺，即坐落於這名山之中。

然而向同行友人提出重訪古剎的想法時，卻立即遭受質疑。

「雖然你因為交換，所以住過南京半年，但這趟回來僅有寶貴的一天時間，為何還打算往山裡跑？」

夏天本就該去涼爽的地方啊，我在心裡犯著嘀咕。隨風擺盪的樹下，枝葉陰翳裡，倒還容得進閒坐湖畔的我倆。

所言甚是，今天的行程著實緊湊。迎著晨光起了個大早，探訪每回必去的先鋒書店。裝滿的背包鼓脹脹的，裡頭全是一見傾心的書籍。臨走前，我還經不住店員蠱惑，加購了一份詩人海子的明信片。至於要寄向遠方，抑或私自收藏，目前暫無想法。

逛完書店後，也朝聖了名為 NEGA MONTO 的咖啡廳。令人不明所以的取名，取自世界語裡的雪山之意，象徵店主對於戶外生活的熱愛。我鍾情於這份大隱隱於市的情懷，能在擁擠的鬧街裡保全瀟灑，讓入口苦澀的店家特調，仔細品著也不免回甘。據說店內硬派風格的個性裝潢，常吸引一票網紅慕名而來，但能真正做到身處繁囂、心存遠山的，恐怕仍屬少數吧。

至於午餐，本想在雞鳴寺的素菜館解決，然而廟前人潮洶湧，完全不是記憶裡清冷的模樣。隨意在附近吃了碗黃燜雞米飯，後來才聽朋友說，最近的年輕人愈來愈愛往廟裡去。或許是對不可預見的未來充滿迷惘，轉而向宗教尋求慰藉，對於寺院售賣的串珠手環一類物件趨之若鶩，連帶竟也使得廟裡的齋麵跟著翻紅。網路世代總是這樣，隨波逐流，做什麼都一陣陣的。比起一戳即爛的草莓，倒更像無根無莖的浮萍。

「想做的差不多都做了，去山上涼快也挺好，難道我們要整個下午都坐在湖邊發呆嗎？」

話說回來，以前我還確實常這樣做。總愛在午飯過後，悠閒地散步至玄武湖畔，挑棵看得順眼的樹席地而坐，打盹或閱讀，任時光悠然度過。那時，偶能遇見一位金髮碧眼、彈著吉他的外國人。從未搭過話，但我倆總看上同棵樹，因此午後自有樂音相伴。要不是此刻身邊坐個話癆，難保豎起耳朵，還能隱約聽聞當年的撥弦聲。

友人勉為其難地做了鬼臉回應，再用求情的眼神望向腫脹的雙腿，最終我倆各有讓步，決定直接驅車上山，省去轉乘的舟車勞頓。

多年未見的靈谷寺，一如既往，低調地隱逸山林一角。

售票口的工作人員好心地提醒著閉園時間，於是加快腳步，穿過紅山樓，循著石徑前行。雖是一路爬坡，好在兩旁種滿參天古木，鬱鬱蔥蔥。間或露出葉縫的天光都不炙熱，拂過林間的微風也總是和煦，貼心地只將暑意帶走。過了松風閣後，高聳的靈谷塔就矗立眼前。雖然名字聽起來不太吉利，卻是我心目中最美的寶塔。

原名陣亡將士紀念塔的它，建造的緣由勢必沉重，然而時至今日，更像後人身體力行「登高望遠」四字成語的絕佳例證。九層樓的高度，雖非難如登天，但畢竟是年近百歲的舊塔，沒有電梯輔助，僅能土法煉鋼地，沿著螺旋扶梯蜿蜒向上。已經登塔數回的友人大手一揮，用最簡潔明瞭的肢體語言，表明她的拒絕。

每爬上一層，階梯口都會以正體國字標示著對應樓層，意即貳、參、肆、伍、陸、柒、捌、玖。看著這些經年累月、不免斑駁的字跡，內心也百感交集。

當年甫出道的我，以記錄交換生涯為題的首本著作《沒有終點的陸途》，便是借用靈谷塔上象徵六樓的「陸」字，來做封面的書名設計。因此這裡雖非鼓舞我羈旅天涯的起點，但仍意義非凡，是見證作家生涯的關鍵點。每次回來，若時間允許，我必定會靜下心來，一層層地登塔，就像細數歷年積累的創作，回顧一路走來的起伏。誰能想到，將近十年後的今天，我仍未放棄書寫。再次與「陸」字掛上邊，亦非單純代表「陸」途，而是意指第「陸」號作品。

攀至頂層，視野豁然開朗。汗流浹背的我卸下行囊，縱目遠眺，風景極佳。晴好的天色裡，陽光將塔身映上翠茂的綠山。在那樣碩大的疊影裡，應也留有我過往的行跡。曾在細雪飄蕩的初冬登塔，也在層林盡染的深秋登塔，如今正逢驕陽似火的仲夏，那麼下次再訪，想必伴有春日傾情盛放的繁花。不知道屆時的我，是否還能持之以恆地堅持夢想？

問得再多，塔也不回話，生活總歸是趟獨來獨往的長旅，沒有誰能替我作答。但只要不偏離啟程時選定的方向，信步朝上，就算無法走出一片天，至少也能在攀登的過程裡，將遼闊走近吧？

稍作休整後，耗損的體能已悉數回復，心境亦舒展許多。極具反差的，則是下塔途中撲面而來的幾位遊客。汗涔涔的他們臉紅氣喘、精疲力竭，逢人就追問究竟還剩幾層。我豎起大拇指，沒有多說什麼，只是簡單地喊了聲加油，就換來他們重振旗鼓，熱血地吆喝著：「走吧走吧，就這樣一直走，總會走到的。」

聽聞此言，我呆佇原地，頓覺醍醐灌頂，霎時意會自己為何執意回來，為何總能在舊地重遊中，領略不同以往的道理。當年的南京，不拒來自異鄉的我，溫柔地教會我如何出發；如今的南京，化作新的故鄉，仍相知相惜地勉勵我繼續走在路上。

這片刻體會，或許不是漫長人生的標準解答，卻是幽邃半途，驚鴻一瞥的微光。

很快地，螢火蟲的季節就要來臨，聽說那正是靈谷寺一年之中最熱鬧的時候。下山途中，友人打趣地分享她先前慕名而來的賞螢經驗。縱使全副武裝，躲在草叢中，也不免被蚊蟲叮得渾身發癢。但黑暗裡乍隱乍現的光火，就像天邊自願傾落的星點，懷揣使命墜進凡間，在消失之前，奮力地燃亮著世界。

「雖然短暫，但是很美麗呢。」

是啊，我微微地點頭回應，臉上滿是止不住的笑意。

12

Tattoos

刺青

「你身上的刺青，是什麼圖案？」

認識多年的摯友，在喧鬧的聚會結束後，不著急離開，倚著餐廳外牆，熟練地拿出打火機點起菸來。而我立處破舊的屋簷下，凝視陽光照映街道，世界運行如往。正覺得要被這座城市無情拋開，兀然又被朋友猝不及防的一席話拉回，嚇得連忙後退了幾步，目瞪口呆地望向她。

「抱歉，不該這樣問的。我的意思是，假如要刺青，你會挑選怎樣的符號？」

驚愕失色的我，這才緩過神來，原來僅是個單純的民意調查。

當然，我從沒刺青過，日後也沒有執行的想法。但倘若真要在身體繪上永久的圖像，或許眾人都會將與我同名、具有象徵意涵的海浪視作不二之選。然而我倒是持不同意見，更想挑選一個難以企及的事物作為意象。不是代表，而是路標，是那種終其一生無法到達、卻又心嚮往之的渴望。

「別太當真，我只是隨口問問，並不重要。」

朋友的菸早已抽盡，剩餘星火亦已淡滅，我仍深陷長考，未能脫離。始終沒等到答案，她毫不在意，吐著舌頭，拉起衣袖，左手臂竟又多出一個未曾見過的圖案，那是她豢養的家貓。這真是個瀟灑自在的靈魂，每每看著她，我總在心裡這般暗想。

讀書時，父母和師長屢次耳提面命，要我遠離渾身刺青又染上菸癮的問題學生。儘管長大後的我逐漸領會，那並不代表什麼，只是明室或暗巷走過，形式不同的青春記印。然而，某些根深蒂固的觀念確實頑強地種下，刺青這門藝術，總令我聯想到忤逆與反抗。

從小到大，我都樂於飾演一個聽話的乖乖牌，貼合所有長輩心中的模範形樣，做過最叛逆的事情，可能就是拒絕叛逆。在最能感知情感湧動的年紀，顯得過於早熟與冷靜。良好的保護傘，固然高效地抵擋所有傾落的惡意，但從未被誰帶上歪路的我，躲在傘下，有時也會好奇外頭的雨。倘若依循心中被壓抑的這些欲望前行，我會變成怎樣的自己？

約莫在十三、十四歲，差不多屬於國中生的年紀，我曾沉迷於一部因爲過於寫實地刻畫社會議題，進而引起諸多爭議的電視劇。劇裡的人物表面風平浪靜，實則各懷祕密，因而導致連串慘劇。彼時的我，深受劇中角色的行為影響，總愛趁著家人不注意的時候，偷偷地打開窗戶，坐上狹小的窗臺。閉上眼，好像背後有雙隱形的翅膀；抬起頭，似乎那些吹過無數遠方的風都能找到我。當它們拂過雙頰，總會爲我捎來自由，卻未曾想過，只要思緒再偏差些，就可能墜落。

某天，我忽然成熟，自此將危險的念頭上了鎖，再也沒有爬出那扇窗的衝動。

大學時，頭一回與網友相約，歡躍之情莫名充溢心底，掩蓋因為謊騙家人而衍生的罪惡與歉意。坐在摩托車的後座，展開雙臂，一路狂飆過午夜的街頭，把所有捆綁與拘束，連同整座城市，都拋諸腦後。我就像個亡命之徒，途經的大橋上，每盞路燈都似要追捕。逃跑的終點，是網友家的天臺，走出頂層加蓋的鐵皮屋，就能望見遠處熠熠燈火。我們喝著啤酒，幾乎坐了整夜，聊著彼時人生全部的所有，直到黎明破曉前，睡意才開始蔓延。

後來，我們再沒見過，這一夜難忘始終不能抹滅，接近自由，也無限荒謬。

或許我從未認真地停下思考，究竟要將什麼圖騰留存肉身，僅是亦步亦趨地走著，糊里糊塗地活著。萬幸的是，自己從未偏行於遭逢的岔口，卻也感激這些碎刃般的片刻，曾割開我，才露出我。如今想來，都不是絕對的錯誤，也不構成永久的傷口，只是今日我的紋理之中，幾道無人過問、隱隱約約的痕。

「我覺得是燈塔。」

一段時間未見，生活飛快地改變，好友以極具效率的方式墜進愛河、結婚懷孕。那些能糾結我大半輩子的議題，她竟一次破解。戒掉抽菸的習慣，改掉不雅的口頭禪，如今的她比誰都更認真，努力想扮演好母親的角色。

「之前妳提過關於刺青的問題，我一直想到現在，才總算有答案。」

必須是燈塔，因為它兀自挺立在陸地與海洋的交界，在最遺世獨立的節點，盡心竭力地向眾生放著光，為了照明黑暗，為了指引航向。然而借過光的人，可曾留心，其實不為誰點亮的它，也只能無奈地將所有夜晚收集身上。我覺得這樣帶點悲劇色彩的形象，孤傲得很迷人。

「你啊，真是個奇怪的人。」

「拜託，妳也不遑多讓吧。」

熙和的午後，暖陽斜照臉龐，既溫煦又滾燙。佇立街角的我倆，相互吐槽，相視而笑，在被曬出差異之前，不約而同地一個箭步躲進騎樓。

學著延續，學著藏隱，新生命已在來時路上，而我們，也都還在路上。

13

Guide to Life

人生使用指南

臨近下班時間，才剛悠緩沒多久的街衢，又再次忙碌起來。

我一身筆挺的正裝，心中暫無去向，姑且待在林蔭大道的老樟樹下，退避灼熱的天光。間或幾陣疾勁的風，簌簌作響地，把紊亂送進井然有序的街角。

倘若乘著風，是否就能抵達更好的地方呢？我像個哲學家般地沉思，卻無從界定風的模樣，甚至連源起與去處都實屬不詳，但當它化身淘氣鬼，在斑馬線上摧毀行人精心設計的髮型時，我還是忍俊不禁，佩服起風千變萬化、難以捉摸的習性。生來衝撞，卻又優雅，所以志在四方，天下為家，都顯得易如反掌。

拆下領帶，解開襯衣領口憋得難受的鈕扣，呼吸的力度也隨之復常。點開手機裡的行事曆，果斷地將今日的行程刪除，彷彿從未標記過。儘管那是我投遞的近百封應徵信當中，唯一給予回應的面試邀約，但仰頭望回外形時髦的建物，我還是把方才裡頭發生的對話，全當成夢一場。

「所以你是否下定決心，要放棄自己喜歡做的事？」

死氣沉沉的會議室裡，我正襟危坐，看向對面的年邁臉孔，微微地頷首。身為老闆的他，神情冷峻，手推了一下令面容徒增龜毛的玳瑁鏡框，彷若看透我的違心之論。長桌的另頭，兩位主管倒是滿意這個答案，頻率一致地點起頭，雙手咔噠咔噠地敲著鍵盤，像是被輸入同組指令的機器人，正記錄這乍看平和，實則暗潮洶湧的攻防過程。

「我想有件事，你必須知道。」

聲色俱厲的老闆，快速地翻起妥善裝訂的資料。左手換到右手，右手換回左手，然後沒有意義地折起頁角，似要假裝認真讀過。如坐針氈的我，像個等待宣判的刑犯，眼角餘光瞄向窗外搖曳的樹海，心中倒是冀望他將那幾張凝縮我人生的履歷表折成紙飛機，乘著外頭恣意的風，往更合適的地方飛去。

「你不能再逃跑，你的黃金歲月已經快要過去，時間不多了。」

醜話說出口的瞬間，紙飛機也跟著下墜。年近三十的我，當然心中有數，天真有邪的世界定會犀利相待，卻沒料想原來在一個同是藝文領域的過來人眼裡，我已時近遲暮，年華不再。

「我知道，我會放棄寫作，在這裡重新開始的。」

離開公司的電梯口前，負責安排面試的職員應允著日後的複試，大夢初醒的我卻不在意了，一步步地踩過街道的葉落，氣憤於自己的怯懦。

作家生活的伏起不定，誠然難以預測，還未能揚名立萬，也著實捉襟見肘。可曾幾何時，我已成為一個會在關鍵時刻屏棄信念的靈魂？面對莫名其妙的論述，只會忍氣吞聲，而非據理力爭。對現實的失望，令我垂頭喪氣，漫無目的地晃蕩著，不覺間便從圓環走抵市府。

熙來攘往的書店裡，無人覺察我的裂碎。迫切需要救贖的我，一改平時的閱讀喜好，發了狂地想在滿箱滿櫃的勵志書籍中，找到能點亮前程的那盞明燈。然而事實上，我一無所獲。儘管所有著作都取巧地將敘述口吻置換成了你，卻沒有哪本書是真心實意地對我傾述。看得再多，終究是他人的故事，不過是假意的擁抱、佯裝的溫柔。

所以我頹廢地步出書店，明白人生沒有所謂的參考或守則，只有宛如眼前高樓窗口般的無數選擇。每扇明亮的窗，都恍若通往安穩與成功，可我懊悔地躊躇於嘈雜的街邊，進不了門，也離不開這。我已經換上相仿的服飾，卻始終無法融入這座城市。說到頭來，這又能是誰的錯呢？

往返家方向公車站牌前去的路上，總會經過一處繁忙的街口。短促的紅綠燈秒數，留不住來往的行者，然而每回經過，都能看見一位和藹可親的大姐，扶著身旁模樣可愛的喜憨兒，穿行人群間叫賣著親手製作的餅乾。久而久之，我成了時常光顧的熟客，偶爾得閒也會聊上幾句。

「剛下班嗎？」

疲頓的我搖搖頭，消極地擺弄著雙手，只是個找不到工作的人，迷失在十字路口，慶幸還能遇見如常綻開的笑容。都經歷了付出與收穫不成正比的午後，於是我們肩並肩地坐在路邊，品嚐著任何糕點店都無法比擬的美味。

時近向晚，夕陽明豔。天邊的綺麗，從來不是專屬於誰的特例，無須爭寵或逢迎，只是日復一日地，展露己身最真實的光輝。我轉頭望向身邊熟悉的陌生人，赫然發覺其實從未過問什麼。關於姓名、年紀、各種資訊一概不知，無從設身處地體會他們的生活，必定也充斥著挫折與窘迫，可看著他們為暮色映照，反而顯得燦爛的面容，我忽然確信，也重拾自信，日子總會幸福的。

那一刻，好似暫且拋開了煩憂，感覺正和內心深處的自己，緊緊地相擁。

沒有人該割捨自身的熱愛，去迎合世界的千姿百態，這應當是除去工作之外，讓人之所以為人的精彩。

慶幸我沒有放棄，在覆沒的一刻及時甦醒。不為誰寫著該怎麼說、該怎麼做、該怎麼活的人生使用指南，只想順從秉性、善待天賦，保持一顆不願將就的心，提筆記下彼時此刻的所有歷經。

或許你就在窗裡，笑看玻璃帷幕外的我，風中飄蕩，兩手空空，既淩亂又笨拙。

但可別忘了，其實我也看著你，在沒有風的地方，原地不動。

14

LOS ANGELES

17:30 洛杉磯

從海濱勝地聖塔莫尼卡（Santa Monica）出發，沿著一號公路南行，直穿洛杉磯機場之後，便會駛向數不清的海灘。舉凡著名的曼哈頓海灘（Manhattan Beach）、賀茂沙海灘（Hermosa Beach）都在其列。我沒有特定目標，愜意地搖下車窗，讓海風告訴我該去哪。

距離日落尚早，對於前程，難免有些猶疑和掙扎。手握的方向盤靜止不動，腳踏的油門則略微放鬆，在釐清頭緒之前，請允許我先慢下來。

旅居洛城的這段時日，每天傍晚都與夕陽共度。

從格里斐斯天文臺（Griffith Observatory）眺望的晚霞，就像百看不厭的愛情電影。經典不敗的好萊塢字牌和鬧區高樓的明滅燈火，將氛圍烘托得極致唯美，正是適合相愛的時辰。目力所及的範圍內，幾乎不見落單的身影，全是一雙雙牽起交扣的手，和一顆顆彼此互通的心。雖說不準能走多久，但至少都曾真切地陪伴過。

在拉古納海灘（Laguna Beach）偶然撞見的夕日，可謂最大驚喜。起初只是長途跋涉，想來杯咖啡提神，卻在將車停妥後，察覺一條隱蔽的巷弄。不作期待地走進，竟通往被黃昏染成金燦的海洋。看得正入迷時，有位拿著衝浪板的男孩步伐輕捷地跑過。嘴上叫嚷著什麼，我聽不懂，此時此刻唯有浪濤的陣陣溫柔，能占據我感官的所有。

儘管已然看過太多，還是執意要將今日送別。我決意不去思索這些促使我反覆做著同樣行為的緣由。倘若真要深究，衝動的背後，可能就是一股無可救藥的浪漫在作祟。於是我重新踩緊油門，續往南行，目標是從未踏足的雷東多海灘（Redondo Beach）。

長時間的旅行使然，車內有些雜亂。無人乘搭的後座空位，成了物什堆疊的首選。長袖的法蘭絨格紋襯衫，脫了又穿，穿了又脫，隨意覆蓋在超市特價的甜甜圈餐盒上。至於那張攤開後便無法復歸原貌的特大張地圖，有些惱人，索性胡亂地折疊，順手夾進旅遊指南中。

相較之下，副駕駛座則整齊許多，畢竟是伸手即能打理的距離。飲料架放著早晨購入、事到如今仍剩大半杯的咖啡，融化的冰塊已將口味弄得一塌糊塗。不願浪費地嘗試再啜飲一口，卻不明白究竟在喝什麼。雖寡淡無味，棄之又可惜，但要是不慎打翻，依然能沾附周身，惹得汙漬斑斑。我戒慎恐懼地將其放回原位，先行擱置，等待更適當的時機脫身。

後照鏡的風景遠去著，哩程表的數字增加著，讀來冷冰，亦過於理性。每逢等紅燈的漫長空檔，感性的我常會盯著它發呆，內心期望它能像是日曆，一天天地被撕開。世間的道理是這樣的，數字總會用盡，旅途終要重計，但至少那天到來時，能夠無事一身輕，而非成串龐大的累積。

追著終要隱沒的晚霞兜風，是心向難以抵達的事物，做著明知沒有結果，卻仍不顧一切的奔赴。這樣癡情又愚蠢的人間迷惑，很值得搭配幾首獨立樂團的 indie folks。長路馳騁，我總是輪播著預先挑選的歌單，配合樂曲的節律，調整車速的快慢。具有相同的頻率，歌者才能跨越人事時地，直截了當地唱進心底。而我十分嚮往他們創作音樂時，留在旋律裡的自由，張弛有度，恰到好處。

然而此刻受困車陣的我，似乎沒資格談論自由。

Redondo Beach 的入口，原因不明地排起綿長車龍。我是想要停下，但不想被迫停下，遂心生念頭，迴轉掉頭，打定主意續往南開，找尋更歡迎我的海灘。假使這樣臨時起意的魯莽，會使我錯過夕陽，那也無妨。以浪漫為生的人，每天都在付出代價。

幾乎要開到一號公路準備轉彎的南端，尋尋覓覓，才終於駛抵此前未曾聽聞的托倫斯海灘（Torrence Beach）。名氣雖然不大，但坐擁同片蔚藍，況且停車場空空蕩蕩，多愁善感的靈魂若是嚴重發作，方能容納更多回憶繾綣、情緒翻湧。於是我半開車窗，將引擎熄火，只留下音樂。躺上隱隱發熱的引擎蓋，面朝時近向暮的大海，滿心盼著公路電影的華麗收尾，頑強的天色卻仿如聲聲告誡，不要著急，要耐心等待。

這應當是腦海裡所能想像出來，最帥氣也最率性的兜風意象。我假裝自己是五十年代的 Beat Generation，頹廢又疲累不過是世人強加的錯誤表象，我只是浪蕩不羈、難以收場。但仔細一想，我並沒有 Jack Kerouac 的才華與灑脫，我僅有一份在路上的衝動。我不過是個長途困頓的凡人，竭力地想跑在光陰前頭，卻徒勞無功。

「嘿，抱歉打擾，我只是想說，我們開著同樣的車。」

一個裸著半身的年輕男孩，朝氣蓬勃地跑來，打破我落日般漸重的沉默。順著手指方向，我瞄了眼那臺與我同型同色的 Nissan Versa。該說是巧合嗎？在這舉世聞名的汽車大國，遇見一模一樣的車能算哪門子的新鮮事？可我還是出於禮貌地坐起身，拍了拍背後的灰塵。既然都不趕時間，不如就聊聊天。

身著愛迪達經典款短褲的他，行事作風也如典型加州男孩的形象。就讀於鄰近的大學，他總愛專程前來看海，有時心血來潮，便不單單是看，更會手執長板奔向大海。而他最鍾愛的，還是在晚霞灑落的時分衝浪，以最自在的姿態，暢快地與今日道別。說著說著，他身手俐落地翻過欄杆，坐穩高牆，用眼神投以邀約。於是我有樣學樣地翻上，不覺得風景有任何改變，有人陪伴的感覺卻很溫暖。

「順帶一提，我很喜歡你的歌單。」

話題的最末，男孩跳下欄杆，擺了擺手，順勢將摘下的太陽眼鏡掛在耳後。聽著我的歌播到了最後，看著他的車先一步發動，背著夕暮的方向遠走，直到越過目光所能追抵之處，那就算我們的盡頭。旅程的因緣際會，總是短暫交錯，皆如萍水相逢。我不會知道這個男孩的未來，但我也不會忘記這片共同看過的海，有多湛藍，有多開闊。

雖然我依舊不慣於收下過分熾熱的問候，但有時不知該往哪放，權且擱在心中，被時光悄然無聲地冷卻了，那日後想來淺淡的餘火，也總能勾起笑容。

前陣子讀到一本與心理學相關的著作，它說人生在世，心緒大致歸於四種：憤怒、傷心、恐懼、快樂。若再行細分，憤怒與傷心都屬於困在過去，恐懼則源於面向未來。唯有快樂，是屬於當下的情緒。

起先我還懵懂，明明生活充斥著無數的傷痕與苦痛，怎可能不盈滿每個現在？及至後來，才漸趨明白，所謂的當下，便是當你能將傷痛輕緩地放下，發自內心地重新感到快樂，才算真正地擁有了當下。不多不少、不長不短，卻已足夠讓人不再被過去糾纏，不再替未來心煩。

雲彩漸起變幻，飛鳥天邊盤桓，心頭有股篤定的預感，今晚的日落會很精彩。

我突然憶起 Griffith Observatory 的夕陽，甚至有些思念，但開到 Torrence Beach，就幾乎搆到洛城的邊界，距離鬧區已隔得太遠，早望不見來時的絢爛。就算急著回頭，也注定趕不及，更沒有意義。無法重溫並肩看過的風景，固然有些遺憾，但此刻眼底，也保有獨自的浪漫。在不斷被選擇的人生裡，難能可貴地替自己做出選擇。這段開著開著，莫名其妙就失了方向、多了寂寞的公路，也終於迎來了盡頭。

從今以後，聚散離合、是非對錯，都交予時間去作用。

生活中無法成全的，自然會成全我；日子裡難以如常的，定能使我視之如常。

只要好好地活出當下，即便今天的自己還不能懂，也要一往無前地走。就讓此刻漂流，讓此刻遠遊，相信在那個終將到來的以後，我們總會快樂，我們都會自由。

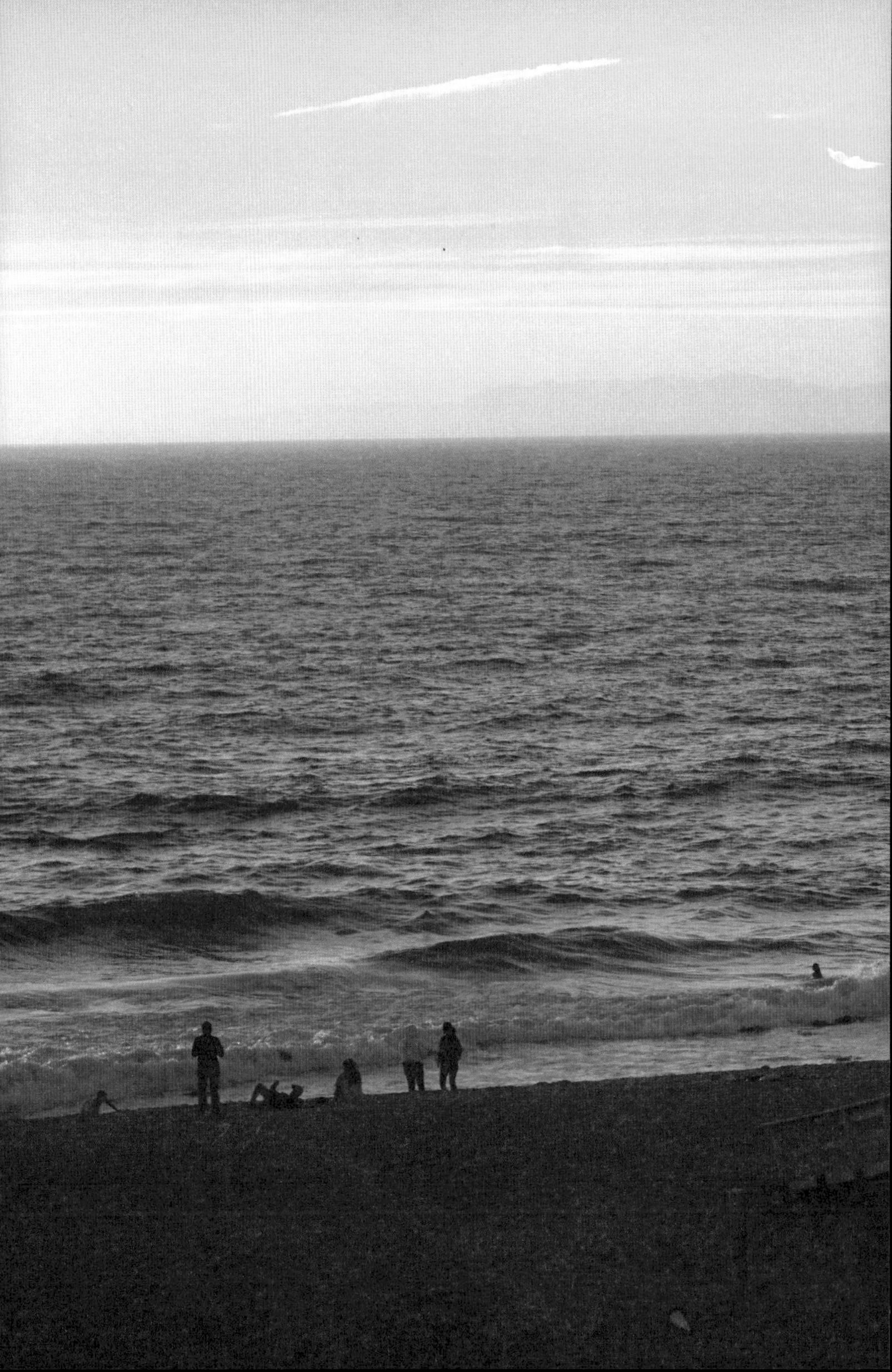

日落
Sunset

15

Long Tunnel

長隧道

成為全職作家這些年，雖然沒有固定的辦公空間，但每天在城裡生活著，心頭也有幾處偏愛的場所。最常造訪的咖啡廳，位於鬧街繁華的邊緣，離家不算太遠。縱然有著群山阻隔，但便捷的快速道路建成後，搭公車來往也就十幾分鐘的事。

日落推遲的夏季，我常常為此混淆對於時間的認知，不覺間便在濃郁的咖啡香裡坐過了頭，強碰本想提前避開的返家人潮。揹起背包，步伐悠哉地走至鄰近的站牌。適逢尖峰時刻，班次自然密集，錯過也無須捶胸頓足、呼天搶地，下班車很快會來，只是難免擁擠。滿載的車廂裡，組成以學生及上班族為大宗。素不相識的彼此，自覺地養成默契，盡可能地避讓、挪移，試圖容進更多歸心似箭的身影。

公車行駛的路線很單純，在駛過人車繁多的路口後，便會拐個大彎，轉往貫穿山嶺的長隧道。亮晃晃的天色，本來整路相隨，直至開進仿若換日線的隧道口，便被瞬地拋在車後。遺落外在的天光，前途遂暗了下來，徒剩無休無止的昏黃，一陣陣地照映車內，有如不斷調換的幻燈片，投影每張面容的疲累。多數人埋首滑起手機，更新社群、關心新聞，目光正為各種瑣事占領。部分先馳得點擁有座位的乘客，則早已倒頭大睡，抽離了靈魂，徒留移動的軀體。

每每環視，我總能發覺自己的格格不入。在一條人跡罕至的職涯道途舉棋不定，反而成為一個沒有明確屬地的人，在定時往返的公車裡，像個旁觀者般事不關己。

偶爾我會認出幾張臉孔，那些固定時段上下車的人，都不是旅程中一面之緣的過客。或許這樣的關係，沒有延伸的可能，倒也是共享著同座城鎮、同種天氣的同行者。好比有位身材高壯的年輕男子，總提著碩大的運動包，在健身房前的站牌下車。直到某天，尋常的晨間通勤路線，卻見他換上標誌合身的襯衫，刮盡了鬍渣，亦打理了頭髮。拎起公事包的他，似乎就此邁向生活的嶄新，雖然看起來還有些生疏，但假以時日，我們都能習慣的。

又或是某位背誦英文單字的國中生，戴著耳罩式耳機的他始終沒有察覺，那些自以為擱在心底的默念，其實都不經意地說出了口。我默默地站在對面觀察了好多年，看到他穿起高中制服，更換新的耳機，不變的是那些永遠背不完的詞彙，還有窗外飛馳而過、卻又日復一日的重現。

奇妙的是，途經隧道某一段時，或許因為電信商服務範圍的緣故，總會暫時失去手機訊號。從早先的厭煩，到日後的坦然，我已學會把突如其來的中斷，看成不可多得的空檔。似乎唯有在這個時候，當場景難分黑夜白晝，時間也隱然停止流動，我卻仍在移動。這片刻體會，就像是苦苦追趕韶光的人生，終於有那麼一瞬，反敗為勝。儘管欣悅之情持續不了太久，當隧道口透出亮光，當訊號滿格復活，當世界再次貿然闖進視線，我又將落後。

時常在想，同車乘客當中，是否也有人如我一般多愁，懷抱著相似的感受？

曾有過那麼一回，入夜後傾落的急雨，癱瘓了城市的交通。駛出隧道的公車，只能放緩速度，直至停下，合流動彈不得的車龍。所有人都急著返家，所有人都回不了家。窗外閃爍不止的車燈，令人看得意亂心煩。拉起手煞車的司機，兩手一攤，擺出長期抗戰的姿態，我則注意到有位將書包揹至胸前的學生，雙眼緊盯窗外，一副若有所思的模樣。他的視線不是呆滯，不是惆悵，而是凝望，甚至帶點嚮往。於是我順著他的視線探去，這才發覺烏雲密布的夜空中，竟留有一絲空白，微微地透著天幕最後一抹餘存的色彩，彷彿滂沱中一處寧靜的所在。

壅塞的公路上，喇叭聲震天地響。相隔無精打采的人群，在與學生對視的瞬間，我給予他一抹無奈的微笑，他則聳了聳肩作為回敬。可能我們都困於窘迫，可能我們都渴望自由，而自由可能什麼都不是，只是橫無際涯的虛空；而自由也可能什麼都是，好比稍縱即逝的霓虹。

或許有天，我會離開這裡，當我終於能拋開所有留戀和眷念，換一座城市，換一種生活。

但我將始終謹記這些時日的來回往復，記得昏沉的半途，記得明亮的出口。

橫衝直撞過，也寸步難行過，心底明白這是趟單行路，就踏實地走，不要回頭。

16

Our Song

青春歌手

如果真有那麼一天，能回到從前，我確實有些懷念，唱片行裡追星的那些年。

雖然嚴格說來，這並非一件需要仰賴時光機器方能實現的事，在作別青春後的今天，它依然不負眾望地營業著。未曾變動的店址，位處西門町繁忙的街邊，然而通往二樓店鋪的狹窄入口，則隱身在熙來攘往的餐廳之間，倘若不是如我一般熟門熟路的常客，稍不留神便會錯過。

偪促又挨擠的樓梯間，是通往二層的必經之處，在串流平臺尚未顛覆音樂生態之前，這裡就是獲得流行資訊的前沿。活躍於螢光幕前的歌手海報，布滿牆壁四周，倘若細心地看，部分還附有親筆簽名。張貼於此的文宣，多半源於甫推出新專輯、正逢宣傳期的藝人。在那個華語樂壇眾星閃耀的全盛時期，一年發布兩三張專輯亦不罕見，因此樓梯間的海報總是貼了又換，換了又貼，每每走過都有全新發現。對於身為國中生的我而言，唱片行就宛如一處祕密基地，藏有少時無人知曉的喜愛。

同學們總在下課後，成群結隊地相約於萬年大樓，我則習慣編造藉口，往反方向孤身走去。不同於平時逛書店的隨心所欲，來赴唱片行，往往身肩重任，是極其私人又神聖的一次奉獻。積攢許久的零用錢，安妥地收在書包深處，除此之外，課本之間還謹慎地夾著家裡唯一的隨身聽。聰明如我，早有預謀，對於新專輯的朝思暮想，哪怕多等一秒都是折磨。

直到現在，我仍會偶爾念及那般純粹的瘋狂。待熱騰騰的商品到手後，便健步如飛地奔下樓，急不可待地坐上騎樓外的長椅，不顧路人眼光地開箱，像要全世界都注意那樣。先將外膜拆開，再把ＣＤ小心翼翼地從塑膠殼裡取出，配合著掌心大小的詞本，從頭至尾地播放，聽著第一次愛的人，彷彿自己就是最幸福的人。

歌曲裡娓娓道來的愛情，具有彼時生活尚未歷經的形樣。轟轟烈烈，抑或灰飛煙滅，都被歌者的甜嗓溫柔包裝，可我聽得再入迷，也僅能單純想像。但懵懂的我，從不在乎是否聽懂，只想戴起耳機，將紛亂雜沓的世界隔絕於另一頭。

那是學什麼都快的年紀，通常不及返家，嘴上便能哼唱，就連歌詞都倒背如流。

然而正是那樣的年紀，什麼都想留住，卻反而什麼也留不住。宛如風華正茂時不懂珍視的盛夏，以為能恆久燦爛，其實終將走遠，頭也不回。

升上大學後，收藏的歌單幾度汰舊換新，以往心儀的偶像，則無端捲進媒體製造的風暴，待流言蜚語退去，我已顯得漠不關心。有時回到西門町，仍會思舊地走上二樓，卻只是無所預期地穿梭在乏人問津的櫃架之間。沒有絕對的目標，沒有殷切的渴求，當生活裡充滿太多選擇，當太多選擇唾手可得，喜新厭舊在所難免，極度的狂熱也終將退卻。在這樣的度量衡裡，我們或許變得沉穩，卻也日漸地與過去的自己變成陌生人。

疫情肆虐的頭一年，見慣了繁榮的城市，總在夜幕低垂時，變得蕭條又清冷。有回聚餐使然，散會後晃蕩於西門町的街巷，看著眼前的今非昔比，我忽然擔憂起唱片行的生計。可不過幾步路的距離，遠遠地就望見亮起燈的店家招牌。熟悉的高度，有著陌生夜裡，熟悉的溫度。暫時放心的我，沒有上樓，只是待在當年的座位，戴起具有抗噪功能的耳機，將世界一鍵阻絕。

或許是老天爺命中注定，又或許是大數據神乎其技，竟能潛進記憶深海，尋回曾經奮不顧身的熱愛。就這樣，以為早已淡出樂壇的歌手，竟帶著一張未曾聽聞的新專輯，浮現於手機推薦歌單的首列。我出於好奇地點進，就像推開一扇闔閉多時的大門，喚醒一場沉睡太久的眠夢。

那橫穿時光而來、絲毫未變的嗓音，把新的歌曲唱出舊的況味。我坐在椅上，與過往疊影，久久不能自已，直至頭頂招牌都熄了燈，內心仍不止息地翻騰。

每個人，都有屬於自己的青春歌手。

她陪著你長大，你陪著她闖蕩。或許在人生紛繁複雜的抉擇之中，一個錯身，便各自迎向迥別的岔口，深陷不同的迷宮。但青春並非縹緲雲煙，而是手執一方的長線，就算相隔再遠，只要兩端都不放手，總會有重逢的機緣。

那樣的時刻，可能是在三五好友相聚的ＫＴＶ包廂裡，被一首不知誰點的老歌，勾起了一切。也可能是在週末晚間，排在不見首尾的隊伍裡，手中的票卷是線索，對應的座位是缺口。隨著燈光轉暗、旋律奏響，霎時之間，萬頭攢動的場館裡只剩你和她，重遇在比起那年夏天更寧靜、更精彩，也更絢爛的海。

空氣裡的甜蜜，教人陶醉、惹人心碎，讓熟知的音符，都化作真摯的語言。當她在臺上高聲唱著，當你在臺下全力哼著，一來一往地，重溫著交集，也彌補著失去。無數回憶連番閃現，宛若眼前彩紙漫天飛旋，而你無須伸手去捉，心底便已牢實地留念，謹記著彼此好不容易才找回的這個今天。

或許，再也不用回到從前，因為所有的過去，都抵達了現在，更期待著未來。

17

Mementos

底片相機

一架本該在降落時伴以夕照的航班，豈料出發就遇上延誤，待飛抵沖繩時，已是烏天黑地。

親切的空服員，熟練地掩起疲憊，在機艙門邊連聲致歉。為此臨時更動行程的我們，拎著不算深重的行囊，逕直前往藏身巷弄間的牛排館。總是門庭若市、高朋滿座的老字號名店 Jack's Steak House，是每回來訪那霸的心頭好。令人意外的是，本應等到天荒地老的用餐高峰，門口顯示擁擠程度的燈號卻亮起藍色，意味無須久候，便能入座。或許是晚點使然的美麗錯誤吧，這樣去想，倒也就釋然。

甫上桌的特選烤里脊牛排，滾燙的鐵盤熱氣蒸騰、香氣四溢，是店家遠近馳名的招牌料理。拾起刀叉，準備大快朵頤之際，乍然一閃念想，我側身翻起塞得嚴實的背包，取出新買的底片相機。

外型簡約、機身輕巧，可重新上卷，也可任意配搭鏡頭前的彩色濾片，變換不同效果。這是臺帶有復古氛圍，又能組合出無限可能的相機。

在臺北東區的專賣店裡，店員即是這般喋喋不休地推銷，導致臺詞根植我心。最初只是途經，一時興起地走進。面積不大的商鋪裡，陳列著琳瑯滿目、各異其趣的底片相機。洗出來的相片，被有序地收入相本之中，充當範例展示。我一張張地翻過，本是漫不經心，卻逐漸入迷。看著他人生活的每一幀短瞬，在時光裡恆久地留存，一股無可名狀的熱忱悄然地孕生，優柔寡斷的自己卻又做不了選擇。

「對於經驗不足的新手來說，應該要怎麼挑選相機呢？」

店裡的年輕職員倒是果決，脫口而出的回答，出乎意料地令人信服。

「既然沒有預設立場，不如就跟隨直覺，帶走你剛剛第一臺拿起的相機吧。」

淺藍色外觀的它，確實討喜，也符合個性，怪不得一眼就望見。但說來諷刺，心心念念的事物，總在到手後教人滿足又失落。自此提不起勁使用的我，權且將其擱置桌邊，直到此刻落座異鄉餐館，才起心動念。

不顧面前即將過熟的牛排，我忙著翻起說明書，試圖將操作方式融會貫通。對座的你，起初還無奈地望向我，後來也開始對著鏡頭擠眉弄眼，模樣滑稽。喀嚓一聲按下快門，我說不準是否妥當地記住這一瞬，只得心虛地低下頭。可你噗哧一笑，解消一切煩憂，比錯過的晚霞還要溫柔。

用餐之餘，注意到走道底端有臺點唱機，連同店裡多數的老舊陳設，都像被奔前的韶華遺留，儼然成為單純的玩物。然而它們，也曾經是被無比珍愛的事物吧。我試圖引以為鑑，卻心生退念，在這總是喧騰不已的夜裡，人們路過，人們指點，其實有誰真的在意，一段根本不屬於自己的情節。

後來幾日，無論旅程向南朝北，都避不過雲雨尾隨。既定的戶外行程雖不受阻，但總是惹得身子濕淋淋，就也鮮少留影。

有回雨勢來得又猛又急，眼見雨刷不敵水珠的墜速，便斷然將租來的車停靠路邊。考量安全，中止為先。無可奈何地困在路程半途，廣播電臺播送的抒情歌，竟與窗外的雨出奇地契合。你睡意漫漶地瞇起雙眼，而我心急如焚地滑著導航地圖，計算那些因為停下而衍生的失去與錯過。

愈想釐清，反倒愈加猶疑，直到我聽著歌曲裡的陌生語言，逐漸憶起忘卻的共同語言。窗外的世界依舊模糊，可這一刻，卻比任何時候都來得清晰。於是我又一次地明瞭，任何啟程都無關終點，反該重於過程，而所謂過程，即是此刻。

放下了手機，調低了椅背，我選擇欣然接受，在大雨如注的濱海道路，堅定地沉淪。

隨著回程班機穿越厚重的雲層，顛簸搖晃地將海島拋在身後，這才意識到旅行的告終。窄小的靠窗座位上，我勉強彎下腰，將相機自背包深處再次翻出。本想拍攝舷窗外的久違晴空，卻察覺用以標明剩餘底片的數字，其實未曾遞減，仍停在初始的數目。

「所以你是說，完全沒拍到照片嗎？」

這一次，換我無奈地望向你，摸不透究竟是哪個環節出了錯。

原來自始至終，兜兜轉轉，盡是白忙一場。所有自認為定格的剎那，純屬一廂情願，還是匯入了長河洪流，泡影般短暫，美夢般虛幻。

縱然錯愕，倒也不算難過，甚至還鬆了一口氣。身為初心者的我，難免杞人憂天，總害怕一個差錯，過頭的設定、過度的曝光，皆會破壞眼底的難覓難尋。除此之外，更擔心顯像過於深刻，倘若日後變作傷痕，那該有多險象環生，屆時又該如何催促時光褪色？

曾經真實地同行過，這樣沒有對證的回憶，可能日後想來，反倒更加美好。

於是，那臺底片相機被再次推回書桌角落，染上窗外潮濕的氣息，積了灰塵些許。機身或許流於擺設，但裡頭裝載的膠卷仍未取出，總是留有空間，就不怕翻開新篇。至於那些始終沒能印相的曾經，其實俱已深存心底，成了如今。存入客觀的時間，放進主觀的時間，都是我最漫長的紀念。

18

OSAKA

20:30 大阪

我相信我絕非唯一把道頓堀唸成道頓掘還渾然不覺的觀光客。這肯定是個經典的日本旅遊笑話，然而每年總有無數未曾造訪過大阪的旅人，興高采烈地前來，嘴上犯起同樣的謬誤，都是為了眼前這老早透過網路無遠弗屆、進而眾所皆知的畫面。

依著運河堤岸建起的樓房，滿掛醒目的霓虹招牌，在華燈初上的夜裡，燦爛萬千。其中最吸睛的，當屬已更換至第六代的固力果跑跑人。地標般的存在，被列為大阪市的指定景觀。可走馬看花的旅客，顯然不會留意看板背後的故事，只愛效仿地舉起雙手、單腳站立，用如出一轍的姿勢合影留念。奮力穿過戎橋上摩肩接踵的拍照人群，才終於覓得一處絕佳的視角。放眼望去，昔日的旅行回憶也宛若河畔的霓燈光影，明滅不已。

我記得DONKI商店造型奇特的橢圓摩天輪，也能認出一蘭拉麵本館門口高懸的燈籠，偶爾自橋下悠緩駛過的觀光船，亦如印象裡的模樣，始終激不起我付錢乘搭的渴望。方才走過鬧哄哄的商店街時，我又一次路過那間生意興隆的章魚燒店，學不乖地再次加入長列，依舊對那口感濕黏的麵糊外皮失望透頂。

然而凝睇水光燈影，也逐漸心生漣漪，為何在這樣熟知的風景裡，仍有股道不出的生分呢？

類似的矛盾感受，不久前也出現過，只是倒反過來，變作陌生中的熟悉。

那是當我搭乘環狀線，沿著市區邊緣穿行，在大阪車站落車後，循著因為大型建設而被迫改道的臨時路徑，朝著名的藍天大廈展望台前進。本該僅需幾分鐘的步行距離，一下子變得曲折離奇。看著工地圍牆掛起的「迷惑」字牌，意即日本常見的施工道歉啟事，我竟罕見地混淆方向。幸虧在好心路人指引之下，才得以趕上天邊將盡的晚霞。

從未登臨眺望的繁華，恍若在這般燈火齊明的夜裡，大城市彼此之間，或多或少也會有些形似。撇除一眼能認的標誌性建築不談，倘若將視線著重於那些千篇一律、卻又參差不齊的辦公大樓，迷離恍惚間，總會分不清此刻究竟位居何地。

是因為去過太多地方嗎？還是因為無論去往何處，心裡始終存有特別的念想，讓即便早已習慣出發的自己，仍會在差不多的時間點，憶起腦海雷同的光景。不小心認錯一座城，其實無傷大雅，浪跡天涯的旅人啊，眼底總有難以忘懷的遠方。

自疑自問，終究沒有解答，我依樣畫葫蘆地跟隨身邊的遊客，順著露天的環形步道，一圈圈地來回走著。我們就像蒼茫夜裡，具有既定軌道，卻各有轉速的群星，總在繞行時不斷地錯過又重遇。

「不好意思，雖然可能會造成您的困擾，但能麻煩您幫我拍張照嗎？」

直到有位隻身觀景的日本女子，喊停我無意識的步履，也將我喚醒於那因為獨旅，而易於馳思遐想的心緒。戴著黑框眼鏡的她，身著保暖的羊毛衫，與單薄衣袖、直打哆嗦的我形成明顯對比。十一月的風，吹上高樓，已挾帶幾許冷冽。是我太久沒在秋天回來，都生疏了這個時節。

她輕柔的口氣，有著日本人言語裡一貫溫和的包裝，縱使迂迴，倒也真心。於是我接過她的手機，一連拍了數張，任務達陣後，也順理成章地將自己的相機交託予她。儘管事後看來，那是張因為失焦而顯得模糊的映像。既看不清我的臉，也看不清城市的夜，卻彷彿捕捉了這個無法重來、轉瞬即逝的時間點。

返回大阪車站時，本該搭乘地鐵的我，刻意朝火車的方向走去。適逢尖峰時刻，人們腳步迅疾，飛快地奔往各自選定的月臺，有條不紊地散離。而我停佇原地，有些不知所措，只能一字不漏地緊盯票閘口前的顯示螢幕，意圖找到那並不真實存在的車次。

約莫是國中生的年紀吧，我在時常光顧的唱片行裡，被一部名為《不思議幸福列車》的日本電影所吸引，轉而用壓歲錢買下人生的首片ＤＶＤ。情節設定縱然老套，懵懂的我倒也一度深信大阪車站會真如劇情所演那般，在每逢偶數月份的第三個星期五，於深夜零時零分發出一班去向不明的列車，只為把各懷煩惱的都市人，載往某個偏遠的小鎮療傷。這些年來，我反覆看過幾回，格外鍾愛身為主演的德永英明於片中演繹的〈時代〉一曲，歌詞是這樣唱的：

「まわるまわるよ時代は回る、別れと出逢いをくり返し。
（周而復始，時代總在輪轉，相聚賦離，重複不斷。）
今日は倒れた旅人たちも、生まれ変わって歩きだすよ。
（今天倒下的遊子們，一定也能再站起來，重新出發。）」

說來可惜，我曾向出版社提及借鏡該部電影的著作構思，設想同以大阪車站作為起點，展開一趟沿著西日本海岸、追逐夕陽的長旅。只怪排山倒海而來的疫情，使得計畫窒礙難行，當初的提案也自此封存，暫無再啟的可能。

所謂遺憾，之所以名為遺憾，正是因為無論怎麼彌補，都難以全然地圓滿。光陰終究不會水過無痕地走過，人想方設法畫起的圓裡，總會有些情節失了軸心，失了軌跡，便失了後續。至少如今站在大阪車站，也算是收拾了當年無疾而終的殘局，撫觸了創作路上屢屢受挫的自己。

下次回來大阪，我不會再唸錯名字了，至少被糾正過的我，已經知道「堀」在日語中的真實意涵。意指水道的它，讓「道頓堀」不單指稱町名，更是這條貫穿風華的運河本名。然而來來去去的人們，其實無心探究夜的緣由，只想在天亮以前，將夜的華麗悉數帶走。

離開道頓堀之前，我在停等紅燈的十字街口，無預警地發覺隔街記憶猶新的身影。戴著黑框眼鏡，穿著羊毛衣衫，原來她也在這裡。頃刻間，那股縈繞心頭多時的陌生也隨之消泯，並非由於找回一面之緣的臉龐，而是因爲眼前畫面再次提點了我，何謂旅行。即便年歲翻篇後，各種急起直追的責任與義務，使得自己無法再如二十出頭時那般逍遙灑脫，但我仍舊是我，依然能在這樣的異鄉夜裡，想起當初是如何因為那些無可預知、卻又總能攜來驚喜的美麗，輾轉成為一名旅人。

唯有拾起這份熟悉，牢記心底，從今以後，我才能繼續深愛著旅行。

伴隨號誌變換，綠燈通行，湧動人群裡她沒有認出我來，但擁有再度相遇的可能性，就算只是擦身而過，亦不算真的錯過。

入夜後的街頭，秋涼更顯凜洌，可我哼著久別重逢的旋律，倒也溫暖了時間。

金龍ラーメン
大起水産
回転寿司
四海樓

焼
24時間
千日前
四天王
トルコアイス
キリン一番搾り
一番搾り

19

Vertigo

失衡

很少有人知道，高三那年，我經歷了一場風暴。

不過是個稀鬆平常的週間夜晚，我坐在書桌前寫著升學考試的模擬試卷。用來計時的手錶，顯示著尚且充裕的作答時間，因此我也不著急，慢悠悠地讀過題目，絲毫沒有覺察爆發迫在眉睫。

幾分鐘過後，依稀感覺視線變得朦朧，在用手揉了揉眼睛後，非但沒有改善，猛然間，世界竟還地轉天旋，舉目所及的物件全都顛倒映現。我慌忙地起身，卻徹底失去平衡，站都站不穩，摔了個大跤。與此同時，平時總是低調運作的心臟也一改常態，噗通噗通地狂跳著，每一下都深深地撼動胸腔。緊接著，身子止不住地冒起冷汗，耳裡則轟然作鳴，宛如一顆顆煙火近距離地迸發。面對聞聲而來的爸媽，跌坐地板的我惶惑又無助，嚎啕大哭了起來。

他們說是考試壓力太大，哄弄著我趕緊休息，暫且將課業放在一旁。

但那是個睡得極不安穩的夜，儘管目光裡一切都已復常，但當我將手疊放胸口時，仍餘悸猶存，更有股預感，這只是連串災難的開端。

果不其然，隔天午後，正在教室進行數學小考的我，再次遭受與昨夜雷同、甚至更加劇烈的眩暈。當考卷上的文字扭曲反轉，思維也紊亂糾纏，我面露痛楚地蜷縮身子，差點從桌椅摔落，當即被老師送往保健室。

「沒關係，反正你也不會寫。」

下課後前來探望的同學，半開玩笑地虧著我。我作勢想回擊他一拳，卻感覺坐起的自己，仍尋不回平衡，整個身體輕飄飄的，事態似乎比意想中嚴重。

那天晚間，憂心忡忡的媽媽帶著我，回到自幼看診的耳鼻喉科。

對於從小體弱多病的我來說，這裡簡直是除去校園和家之外，最熟識的場所。雖說升上高中後，活動範圍隨之轉換，但許久未來的診間裡，依舊溢滿刺鼻的消毒水味，更別提那些拘窄難坐的塑料椅，徒增候診的焦渴心情。

年邁的醫生顯然認出了我，用一句「都長這麼大啦」的萬用臺詞作為開場白。了解事情始末後，他從器材櫃裡取出一個類似轉筒的工具，叮囑我將視線凝聚前方，據說這是種簡易的眼振檢查。

「有可能是梅尼爾氏症，或許是升學的壓力所誘發，先吃藥觀察看看吧。」

緊張地嚥了幾下口水，這拗口難懂的名字，聽來就像位難纏的強大對手。看著臉色蒼白的母子倆，老醫生輕柔地拍了拍我的肩膀，繼續說道：

「簡單來說，就是你的內耳迷失了，導致平衡出現問題，所以才會觸發後續的眩暈、噁心、嘔吐症狀。這種病確實有點棘手，也說不準何時會再發作。或許當務之急，還是得從根本下手，消除壓力的主要來源。」

說來簡單，執行困難，身著高中制服的我似笑非笑地望向媽媽，像是獲頒了一張免死金牌。打從那天起，家人不再嚴厲地要求學業成績，再輔以藥物控制、回診檢查，之後雖又發病過數回，但程度和長度都有所緩解。漸感陰霾散去的我，於是重新繃緊神經，試圖把滯後的學業進度補齊，無形之中，卻也再次開啟停歇的計時器，復使危機逐步進逼。

大學指考的第二天，占分最大的主科俱已終了，剩餘的零星社會學科，都稱得上拿手強項。心態舒展許多的我，在與陪考的家人揮別後，便步入教室準備進行歷史測驗。然而當鐘聲鳴響，聽來更像警鐘敲響，熟悉的感覺瞬即浮現，一股觸電感自背脊漫溢全身。還沒反應過來，雙手已不由得地打顫，視線開始翻轉，胸口的火山又再次沸騰，甚或比過往來得猛烈。我看著考卷裡上下顛倒的文字，告訴自己緊要關頭絕不能放棄。顧不及那些學校教過的答題技巧，在情況加劇之前，我一手撐著頭作為支撐，嘗試集中注意力，僅憑題目的部分字詞快速作答，毫無把握地在十分鐘之內完成試卷，隨即倒頭昏睡。再次醒來，已是考試結束的鈴響。

往事重提，仍歷歷在目，這麼多年以來，病症再無發作過。那是我最後一次，見到如此迷亂又失序的世界。我絕非懷念，但確實難以忘卻那樣近乎幻象的畫面，彷彿是青春鐵了心要在故事末尾，用最暴戾和凶險的方式替高中生涯作結。時至今日，我依舊感覺它沒有走遠，仍如影隨形地匿伏於鼻息間。我將醫生的囑咐銘記心頭，時刻觀察著自己的一舉一動，盡量維持情感的平衡，深怕過分的歡欣與傷悲，都有舊疾復發的可能。

前段時間，我在書店的星象占卜區，偶然翻到一本名為《誕生日大全》的暢銷著作。不同於十二星座的分類方式，編者改以出生日期為基礎，鉅細靡遺地分析每個人的處世性格。我並非特別迷信，僅喜歡在飯後茶餘把預測視作消遣。對人生多一分設想，哪怕只是胡亂臆想，也能讓未來趣味橫生。其中關於我的部分，書本是這樣提點的：

「雖然對什麼事都全力以赴，固然是你的優點，然而如果被狹隘的想法所侷限，人生便容易失衡。」

一針見血的評論，讓我不禁笑出了聲，像被看破手腳那般，害臊地撓起頭來。原來我日夜害怕重演的，早已置換形態，時刻傾斜著自以為端正的人生。

大動作的反應，令身旁的陌生人忍不住放下手中翻閱的書，一臉疑惑地望向我。尷尬地回過身去，佯裝若無其事。他當然不會明白，我是個怎樣的災害。

20

Wonderland

再見煙火

往城堡去的路上，距離表定的煙火施放已剩不到幾分鐘。

比誰都怕錯過的我，趕忙加緊腳步，飛快地奔過樂園每處歡愉不減的角落。逼近閉園時分，五彩紛呈的旋轉木馬絲毫沒有喊停的念頭。比鄰雪山裡，雲霄飛車仍忽高忽低地穿巡。似乎快樂，本來就該在注定的歸還之前，盡其可能地展延。

滿三十歲前的夏天，我幾乎花光所有積蓄，飛抵地球的另端。飄洋過海而來的我，離家迢遠，身後的距離已足夠顛倒黑夜白天，得以容進最廣闊的洋面、最折騰的航線。如此這般，只為了參加一場樂園創立五十週年的慶典，用煙火送別燦爛的季節。

也算一圓兒時未了的夢吧。

猶記得小時候，父母總愛在週休假日帶著哥哥和我，四處走訪臺灣的遊樂場。也不知道是配合我倆與生俱來的喜好，抑或出遊習慣潛移默化了我們。稚氣未脫的發言裡，兄弟倆允諾著要合開一間樂園。媽媽負責售票，爸爸負責維修，角色分工相當明確，甚至都已畫出園區的規劃圖。樂園的雛形有了，做夢的年紀卻過了，人生的計畫雖然趕不及變化，但某部分的天馬行空，還是悄然地留下。

邁入雙位數的年歲，目光被迫放得長遠，儘管如此，我依舊喜歡造訪世界各地的樂園。望著那些雷同的設施，乘載著相仿的情緒，知悉世界的隔閡不過如此，人們的悲喜總是相連。而我隔三差五地，總會從家中書櫃翻出童年手繪的地圖。不拆遷，也不擴建，只是反覆地看著。曾經有過幾回，我在夢裡驚喜地走進那片想像的天地，卻沒能帶走什麼，徒有醒來時悵然若失的自己，作為紀念。

趕在煙火綻放前，我終於在人山人海的廣場上尋得站位。

燈光暗下、樂音奏起，幾道雷射光驀地射向天際，照亮無盡。伴隨轟隆聲響，煙火連番升騰，在抵達之前畫出悠長的軌跡。我不自覺地追蹤起它的旅程，卻先一步被璀璨迷亂了雙眼。漸次迸發後，金色的流瀑傾瀉而下，夜空裡滿是斑斕，一瞬盛放，一瞬覆滅。

霎時間，我竟不爭氣地濕了眼眶。人們總在看見太不真實的事物時，下意識地對著虛幻許願。可我沒有任何遠大的志向，只想永遠停駐此刻，在巍峨的堡壘面前，當個不懼做夢的少年。以前的自己，拾起畫筆就能繪出整座樂園，那樣的創造力令我稱羨，而那樣的曾經，其實也離得不遠，原來只要一場夏日的煙火，就能追回。

泫然欲泣的我，趕緊撇過頭去，身旁有位年幼的孩童，差點被圍攏的人群淹沒，於是母親一把將他輕柔地抱起。男孩起初不安分地跨坐在媽媽的肩上，屢要掙脫，最後還是著迷於天邊的華彩，笑逐顏開。另一頭，熱戀的情侶不顧花火，轉而望進彼此沉醉的眼眸，片刻都能吻成永恆。

我看著身邊所有的圓滿，逐一化作絢燦，歡聲雷動裡，此起彼落。心底倒也知曉，有些浪漫終究無法被安妥地對待，便成為缺憾。

那是大學畢業後的冬天，在另座同名的園區裡，施放著同樣盛大的煙火。我按捺不住衝動，對著暗戀了整個青春的女孩，將愛意唐突地說出口。漫天飛雪的聖誕夜，最後成了無疾而終的單戀。預想之中的結局，帶來預料之外的失落，偌大樂園的萬千人群裡，只有我看見煙火下墜後的冷漠。

但回溯記憶，印象中最早的煙火，總歸是溫暖的。

旅居美國加州的阿姨，是媽媽的五專同學，雖不常碰面，但每回見著都要向我重提往事，將時光倒轉至將近二十年前的夏夜。

「那天晚上離開迪士尼後，你和哥哥在後座睡得東倒西歪。我催促著你媽趕緊回飯店休息，她卻搖搖頭，堅持要開車繞進洛杉磯市區。她說她答應過，要帶你們看這座城市。說實話，你們壓根兒不會記得發生了什麼，但至少她沒有違背承諾。」

對於幼少的我而言，這確實是段不曾擁有的記憶。酣然入睡的我，仍沉浸於繽紛的煙火，只記得因為個頭矮小，被母親緊緊地抱起，那時候的世界就像場永不落幕的美夢。也曾想過問她，是否會偶爾憶起當年夜行的洛城？可答案如此明顯，這一輩子都圍繞著家人的溫柔，已然敘說著，她的眼裡從來就只有我們。

週年紀念的煙火結束後，夏天便宣告散場。遊人迅速地退潮，留我原地發怔，不知該朝哪走。方才光彩奪目的夜幕，如今徒剩幾縷未散的煙。手機裡斷續錄製的影片，則像日後拼湊難全的碎片，在回憶的深刻裡逐漸漫長，在因為漫長而深刻的回憶裡，或許總有一天，也能欣然道別。

「明天，還會有煙火嗎？」

「小寶貝，每天都會有的。」

年幼的男孩趴在媽媽的背上，帶著聽聞答案後嘴角揚起的可愛笑容，心滿意足地睡了。慈眉善目的母親，肩起這份甜蜜的沉重，緩緩地路過我的身邊，在視線交錯的瞬間，彷彿也走進了我。

等回過神來，都已消失在人群中，消失在樂園的出口。

21

Lost at Sea

忘記海洋的魚

他就這樣直直地盯著我，好像我也是一條魚。

起初我還害臊，連忙閃避相接的目光，把視線朝別處探向。碩大的水箱裡，幾隻熱帶魚在珊瑚礁岩間鑽出鑽進，模樣逗趣。水光粼粼裡，我逐漸恍神，任心思隨魚群悠遊，直至眼神再度相觸，才驚覺他仍不偏不倚地注視著我，沒有理由。

或許我真的是條魚，卻又不知道該怎麼游，方能滿足無端投射的關注。

假如原地不動，是否反而方便玻璃外的鏡頭將我捕捉？可倘若我執意要走，不願成為誰視界的主軸呢？是否慕名而來的觀者，會敗興而歸，還不忘在離開之際，撂下幾句詆毀的話語，渲染一池道聽途說的惡意？

他看著我，你看著我，我看著每張看著我的臉孔，又有誰能真的看懂我？

步入晚間營業的都會型水族館後，瞬即感受到氛圍的截然不同。

雖說室內展館本就無關晴雨、無分晝夜，但臨近閉門時間，展場亦顯得空落，不再譁眾取寵，反倒沉穩許多。配合夜色調節的柔和燈光，模糊了生硬的邊線，拉近了遊人與流水。此刻的水族館，總算是徹底靜了下來，只剩藏掩牆角的環繞音響，仍不間斷地播著樂曲的悠長。

收工在即的生物，看來也慵懶，又興許是我思慮不周，竟把人類躁急的價值觀套入水中。

最喜愛的水母，可謂是海洋界的悠閒代表。不疾不徐的步調，有股難以言說的魔力，總能將狹小的水缸變作廣袤的穹宇。每當端詳牠的傘膜與觸手，眼光隨牠一同游移擺動，依稀朦朧間，我都會聯想至無垠星辰裡的無盡漂流。這個體內百分之九十五俱由水組成的生命，其實比誰都更懂，該如何把自己活得開闊。

至於展館內占地面積最廣的企鵝區，則是規模龐大的開放型水槽。

沒有加蓋，沒有高牆，只有難以計數的企鵝動也不動地佇足原處，好似沒有一絲越獄的念頭。昏暗的燈色，教人無從辨認牠們的神情，但牠們肯定把我們摸得透澈，甚至早已厭倦來客一貫的面容。試想終年累月，都僅能面對一種情緒。即便是開心，就算是欣喜，這樣的生活，真能算是快樂嗎？

論起這座水族館的特色，除了業界鮮見的長年晚間運營之外，入夜後的它，更成了專屬大人的空間。

圓柱狀的巨型魚缸裡，裝載著來自遠洋的記憶。卸下束縛的上班族，暫時逃離了朝九晚五的洄游，木然地癱坐其前，手裡握著一旁餐飲部限定販售的調酒，任憑幾道藍光自頭頂射下，把我們照成疲倦的魚。沒有鰓的我，朝燈的方向昂首探去，似要浮出水面呼吸那般，這才意識到自己有多久沒好好換氣。

我鮮有這般體驗，彷彿就身在海裡。

由於不諳水性，亦厭怕搭船航行，所以盡量不讓自己有被洋面環繞的機會。但在行旅生涯裡，難免經驗過幾回，為了前往交通不便的離島，只得硬著頭皮坐上飛車般的快艇。

「你就戴起耳機，放能給你力量的音樂，然後閉上眼睛，想像自己是條乘風破浪的魚。」

好友的建議，既荒謬又離奇，教人摸不著頭緒，可我確實在航程中反覆聽著彼時熱愛的歌曲，沒覺得洶湧波濤導致的暈眩減輕多少，但有著澎湃的旋律相伴，倒是感覺自己勇敢不少。

American Authors，曾經是我日夜迷戀的樂團。

甫踏上背包客路途的頭幾年，他們憑藉幾首慷慨激昂的單曲〈Best Day of My Life〉、〈Believer〉、〈Luck〉、〈Go Big or Go Home〉，鼓舞著我出發，做起征服世界的美夢。那時候，以為只要堅定地走在路上，就能把風景揹進背包，計成人生獨一無二的重量。從不知道，那樣的肆無忌憚具有時限，看在旁人包容的眼裡，我不過是在一個偌大的水缸裡，自以為是地流浪。

可身處其中、仍未探到邊界的我，哪裡會懂？

儘管偶有停步的想法，卻總被樂團的旋律點醒，再次重燃信念，心想這世上真有人能一直保持熱血。他們推陳出新的樂曲，宛若似退又進的潮水，一陣陣地推著我持續前行。於是我使勁地游，拚命地游，直到最後撞得頭破血流。

指指點點的觀眾，無人伸出援手。難以收尾的表演裡，我是一條無以為繼的魚，在水裡流著眼淚，連自己都看不見。

前些時日，沉寂許久的樂團，在元老級的成員退出後，終於重整旗鼓，發行全新創作。我第一時間興奮地點進，按著順序一首首地聆聽，熟悉的嗓音與節律，卻喚不回遺落的熱情，亦勾不起遠遁的記憶。專輯播畢的那刻，我既徬徨又落寞，仰頭發出巨大的疑問。明明曾經氣勢恢弘、所向披靡的我們，究竟是誰先丟失了遼闊？

他依然直直地盯著我，好像答案是我。

再過半晌，水族館就要打烊，悠揚的背景音樂裡，已同步傳來語調溫柔的提醒。

於是我倆不再彎著身子對視，挺直腰背後，卻發覺望的根本不是同座水箱。巧妙的動線設計，使得兩座相隔甚遠的水缸會在特定視角重疊，再加以迷濛的燈光混淆。原來由始至終，我看著他，他看著牠，牠看著每張看著牠的臉孔，不懂我們到底在看什麼。

羞愧地回過頭去，工作人員即站在旁側，臉頰掛起極致延伸的笑容，朝我深深地鞠了躬。一不注意，周遭來客俱已散盡，僅剩我這條逗留不走的魚，戀眷著不屬於自己的圈地。

於是我眼帶歉意地離開，在門闔上之前，大口吸氣，重新潛進城裡。

22

HONG KONG

23:00 香港

誰能想到，步出隱身上環巷弄的 Yardbird 餐廳時，會有種恍如隔世的衝突感。

以潮流居酒屋及串燒餐館定位的它，開業多年，生意始終火爆，前段時間再榮獲米其林一星推薦，名氣更加水漲船高。簡約又時尚的裝潢，與同條街上的傳統商鋪相比，顯得分外搶眼。儘管店內震耳欲聾的樂聲使我不堪其擾，但平心而論，店家手藝確實好，油甘魚沙拉和雞肉串燒都料理得當，教人再三回味。

推開大門，把喧鬧留在身後。我離開得還不算太晚，仍不及午夜，永樂街卻已出奇地暗、反常地靜，絲毫不如記憶裡的燈火通明。友人略帶遺憾地說道，疫情後的香港白天看來正常，入夜後卻變得冷清不少。剛到這座城市時，我還沒能意會，直至此刻，才委實感受到已流於表象的繁華。

淡淡的燒烤味，纏繞著為汗水沾濡的衣物，早晨出門時噴上的香水應已消散，空氣裡卻有股不可言說的甜。我望向友人眼裡因幾杯紅酒下肚釀成的微醺，明白得多走點路，或許去維多利亞港邊吹風，或許搭臺叮叮車穿行夜色霓虹。作為難得清醒的那一位，我突然有股莫名的責任感，要在這龐雜的都會裡尋得我倆的容身之處。

室外人車著實稀少，我膽大地跑到路央，用單眼記錄這多年未見、也前所未見的香港。不管號誌哐啷啷地作響，這一貫催人的城市速度，都變更不了夜晚的節奏。路再長，都要慢慢走；話再多，也得慢慢說，或索性不說。

在西港城的轉角，我們念頭興起，走上天橋。據說這裡擁有絕妙的觀景視角，能看到叮叮車駛出小巷，轉進大道。路旁舊時風貌的建物，有意無意地透露香港彼時的輝煌。友人笑說這就是上環之所以誘人的原因，不比隔壁的中環那般光鮮亮麗，明明都隸屬港島，卻氛圍迥異，像是同條時間軸上背道而馳的風景。我點頭表示同意，生活在求新求變的大都會，難免心力交瘁，追著無法觸抵的絢爛，偶爾也想逆流而行，懷緬被日漸遺忘的往昔。

格外喜歡港島四通八達的天橋，凌空掠過川流不息的街道，錯綜複雜地相連直入雲霄的樓群。陸橋的興建，源於高低起伏的地勢、炎熱多雨的氣候，目的都是為著方便通行。

每每來到香港，倘若在尖峰時刻行過天橋，總會不免尋思，是否此刻所有人都在橋上？是否正與同樣的面孔擦身而過，卻全然不覺？又或者，根本無暇察覺。這終究是座大步流星的城市，無數陸橋，形成無數路徑，在數百萬種步伐交織的速度裡，相遇談何容易？留住，更不容易。

等了半晌，始終未能盼到叮叮車的身影。也許時近子夜，車次亦減班，沒有人說得準下班車何時會來，我卻反倒享受起這樣無可預期的等待。

暑夜的香港，燠熱痴纏不散，於是我卸下厚重的背包，讓浸濕的背透氣，也學起友人故作輕鬆的姿態，倚身油漆斑駁的欄杆。不交談時，世界亦啞然失語，人們欲言又止，僅剩頭頂的日光燈忽明忽暗地亮著，像在躲閃。

幾年前，在某趟越洋航班的長途飛行中，閒得發慌的我隨機挑了部名為《已是香港明日（Already Tomorrow in Hong Kong）》的電影觀看。劇情描述一對有緣在香港邂逅的男女，透過短暫的夜晚擦出愛火，可兩人的情愫，注定只能是頃刻消滅的焰火。事隔多年，意外地於天星小輪再次相遇，闊別重逢的他們儘管各有伴侶，卻還是如當年那般互相作伴，共遊香江。隨著夜色漸濃，似乎也不得不在終將面臨的分別前，再次做出取捨。

這部作品的評價褒貶不一，情節亦算老調重彈，卻深得我心。可能因為男女主角在現實中本就是對夫妻，所以彼此間的化學作用毫不刻意，真情流露，本色出演。另一方面，我也很喜歡導演鏡頭下的香港，對應演員難以言明的情緒，把每盞燈火都拍得心事重重。

影片的收尾，是戛然而止的開放式結局，沒有明確地向觀眾揭示答案，反而有種點到為止的暢快。世界封鎖這幾年，我也曾複習過幾回，倒不是為了看出什麼言外之意，僅是單純地懷念著咫尺天涯的香港。

「喂，車來了，快拍啊！」

旁人的一聲驚呼，瞬地將我拉離雲遊的思緒。等了老半天的叮叮車，不疾不徐地登場，手握相機的我卻顯得遲疑，呆望著它越過視線邊緣。復古老款的車型，外身竟突兀地貼著由粉絲集資製成的生日祝福，對象是某位未曾耳聞的歌手，這並非我所期望的畫面。

「叮叮車本身不賺錢，廣告才是主要收入來源。畢竟每天來回行駛大街，就算不特意看，也會被洗腦的。」

惋惜地聳起肩，我倆語氣裡同是無奈。那望來意味深長的眼神，似要詢問是否再等一班。我趕緊搖搖頭，深怕家住離島、憑靠渡輪往返的友人，會錯過今日的末班船。朋友也是一番好意，堅持要多陪我走段路，把分明焦急的步履裝得輕盈。我不忍拆穿，只好默默地加起速度。

天橋的岔口前，發船時間已近。分秒必爭的情境裡，已容不下太多話語，那就簡單擁抱一下，總會再見。

道別後，我繼續朝前，不知不覺地，就走至港畔。

差不多是終點了，我望向海濱長廊零星未散的人群，看著庸碌整日的摩天輪，終於不再原地打轉。中環碼頭裡，商舖鐵門深鎖，小販俱已收攤。剩餘的航次不多，往尖沙咀開去的天星小輪也早早收班。偶有晚歸的上班族，拎著公事包飛速奔過，更多時候，徒有無人駐足的虛空，是與電影劇情相左的平行時空。始終吹不進樓房的風，好似聚攏港邊，與那些錯失船班的人同樣困窘。

說來有趣，我極少由這個角度遠眺九龍，總是慣於自對岸星光大道一帶，望回港島的明媚風光。好比多年前，那個與朋友初逢的夏日，差不多的時間點，我們在文化中心前席地而坐，手裡拿著便利商店買來的兩瓶 Corona 啤酒。依著水邊，有位街頭歌手懇切地唱起鄭中基的〈無賴〉。那是我第一次聽到這首歌，明明一知半解的粵語歌詞，卻不知為何地，泛起我眼角蠢蠢欲動的淚。

那時我們還很年輕，二十出頭的年紀，最不缺的就是時間。

從不趕著要去哪裡，不怕犯錯，也不怕錯過。買來沁涼的啤酒，在溽暑難耐的夜裡，很快就變得溫熱。我倆豁達地一口飲盡，在後勁襲來之前，把握餘下的清醒，模糊所有距離。一旁的尖沙咀鐘樓，據說是舊時車站在拆卸過程裡碩果僅存的遺留。可惜彼時的我尚且不懂，就算酒醒燭滅後徒剩殘骸，但能永遠地留在今天，那該有多好。

在人與人之間的關係中，在背包客育成的觀念裡，一個成熟的旅者，必須看淡分離。那些曾經熾熱的，多半會在旅途結束、各自復位後，淪為社群媒體冷冰的姓名。日後的互動，僅剩最低限度的聯繫，問候著當下，約定著未來，而過去僅是一幀幀深藏相簿的畫面，就算再念舊，也只能停留指尖。

我並不擔心，亦早已習慣緣分的忽遠忽近，倘若真要說有什麼顧慮，反倒害怕那種沒有事先約定的巧遇，那種在無數路徑中，竟能構成的偶然同行。因為那正是我唯一無法阻止、無法忽視，卻總能翻起千頭萬緒的，所謂命運。

午夜將至的剎那，口袋輕微地顫動，那是友人到家後發來的報平安訊息。而我隨手按了笑臉作為回應，便收起一切，轉身朝明天走去。

2
唯一嘅珍寶就係珍寶冷氣
GENERAL

72
ONG KONG
WORLD
95

午夜
After Midnight

23

Insomnia

無眠

「媽媽，衣櫃裡是不是有鬼？」

固定在週末深夜播送的電視節目，真教人又愛又恨。身為小學生的我，特別沉迷於那總能引發棚內嘉賓放聲尖叫的靈異單元，卻又膽怯地將身子蜷縮進毛毯，那透過指縫瞥見的畫面，驚悚程度分毫不減。非要等到壁掛的時鐘跨進午夜，劫後餘生的我方能正常呼吸，隨後轉念一想，更恐怖的，才正要上演。

關了燈的房間，便是滿室陰森的黑，所有存在於認知中的幽靈都可能出現。儘管這裡沒有冤情，無須報仇，只有一個擔心受怕、自討苦吃的小鬼頭。張望四周，衣櫥空間大小適中，恰好能躲進鬼魂。原來童年時的衣櫥，不僅是通往納尼亞的入口，每逢夜深人靜，更會成為疑神疑鬼的出口。

無奈的母親，好氣又好笑，非得在我面前詳實地將衣櫃從裡到外檢查一遍。嘴上雖然叨念著以後不准再看，可每逢週末，卻還是坐在沙發上與我一同犯險。她分明也是恐懼的，只是身為一名大人，必須學會逞強。我不服氣地在心底嘟囔著，同時換上一副惹人憐愛的眼神央求。於是她順手點亮夜燈，保我整夜安睡，也保她徹夜好眠。

「我又搞砸了，真的有辦法考上第一志願嗎？」

烽火連天的高三生活，挑燈夜戰是不足為奇的日常。淹成書海的桌面，疊滿永遠寫不完的習題，更容不進任何一絲與課業無關的雜念。升學主義造就的壓力，可以在瞬間擊潰一個少年，但不上不下的尷尬年紀，我倒還算懂事，更懂得藏匿，佯裝雲淡風輕的神情，滿口盡力就好的騙局。

每逢深夜，家人俱已入睡，我常會躡手躡腳地走至陽臺，偷偷連起隔壁鄰居的Wifi，用耳機在iPod Touch上循環播放鍾愛歌手新發的單曲。他在線的那端，赤誠地唱著We'll never know，而我在這頭，困守徬徨之中。遙遠得無可碰觸，卻又似在耳畔訴說，沒有人能知道結果，生活沒有誰對誰錯。

外頭皎潔的明月，始終未能照徹迷惘，但為陣陣歌聲撫慰的我，亦會拾起幾許落在陽臺的月光。細心收藏、妥帖安放，就這樣陪著我穿梭黑暗，直到迎來隧道末端的天光。

「明天，我又將和誰道別？」

那些在夜班火車度過的時光，得以稱作背包客生涯的精華。大學時，遠赴對岸交換的我，時常利用課餘時光大江南北地跑。為了節省開銷，我偏好搭乘晚間出發的臥鋪列車。動輒十幾小時起跳的車程，恰好能養精蓄銳，睡上一覺。

忙碌的列車員，總在相差不遠的時刻強制熄燈，本來亂哄哄的車廂，也隨之沉靜。待一段時間後，響音再起。鄰床如雷的鼾聲，連同車行鐵軌的哐噹聲，此起彼伏，接連不斷。這樣的夜晚，本該不期不待，但我總是歡躍地攀上頂層床位，將背包墊在軟硬適中的枕頭下，拿出預先準備的書籍，有一搭沒一搭地讀著。有時當列車馳行山區，電信訊號斷聯，這星球似乎就無人知曉我身處何方，更遑論去向。而我沒有停下，仍在不歇息地移動，把昨天拋在身後，追趕將抵的明日，這或許就是一名心向遠方的旅者能夠做到，所謂最浪漫的流浪。

同節車廂的面孔，多半是稍縱即逝的交錯。設想彼此都能預見分離的前景，通常不會聊得過頭。乘客來來去去，目的地各有不同，有時一覺醒來，身邊的擁擠已全成空位。說不清是自己走得太遠，抑或他人走得太快，但未能辭別的遺憾，隨著經驗聚積，也日漸釋然。

睡不著的時候，我總會悄悄地翻下床，坐在靠窗設立的單人位，望著沿途飛掠的黑夜。偶有幾盞路燈將昏黃擲進，偶有巡視的列車員手執光源走近。我心懷感激地審視旅途帶來的所有遭遇，而這些離家千萬里的夜晚，皆不以寂寞為名，因為長途漫漫，從不缺短暫相伴。

「這本書，會不會又是另一次的石沉大海？」

家人年紀漸長，休息時間也早。同樣昏昏欲睡的，還有趴在房門口的家犬，不時地睜眼查看，試圖在睡意和愛意之間，做到兩者圓滿。子夜甫過，徒有我的房燈堅持不懈地亮著，與未盡的稿件展開激烈鬥爭。預先浸泡的熱茶逐漸冷卻，失了溫度；我則感覺靈感已然用盡，失了頭緒。看不見風景的窗外，幾臺重機揚聲而過。劃破寧靜的噪響縱然惱人，倒也提醒著身心俱疲的自己，還真切地活著。

日曆本裡畫起的紅圈，標示著生死大限。雜物層疊的書桌前，屢戰屢敗的我再次陷入曾誓言永不踏進的迴圈。成堆舊作，攤展身後，寫得愈多，徬徨也愈多。總是在這樣掌聲過後、空落寂然的夜裡，我矛盾地走起職涯的鋼索，又想放手，又怕墜落。

好不容易熄了燈，夜卻還長著。翻來覆去、輾轉不寐，是近期沾染的陋習。身邊同樣困擾於此的友人頭頭是道地分析，說是因為在睡前胡思亂想，會給大腦傳遞錯誤的訊息，自然無法好好休息。於是我言聽計從，依著她的建議，先深呼吸，再深呼吸，最後還是深呼吸，但竭力淨空意緒的過程裡，反而變得更加清醒。

終究，是過了倒頭就睡的年紀。漆黑之中，已沒有什麼能傷害我，真正糾纏不散的，其實是那些不分晝夜的煩憂。從單純的好奇，建構成困惑，再擴大成質疑。這些無端複雜化的問題，往往攻城掠地般占據闔眼後的自己，而我孤立無援，斷壁頹垣，遍尋不著解答，亦苦等不到救兵。

長大本身，已足夠令人束手無策，可我們沒有選擇，從來只有疑問。東問西問，答非所問，到頭來，每個無眠的夜晚，都換得不安於室的混亂。忍不住仰天長嘆一聲，唉，還寧願衣櫃裡有鬼。

24

Untouchable

恆星消失的原因

影影綽綽的回憶裡，我仍明晰地記得那個炎炎夏日的午後，和阿姨排在臺北天文館前延亙不絕的人龍之中。作為一名剛滿九歲的男孩，我已能語氣堅定地向周圍的大人表達自己對於宇宙的興趣。彼時的冥王星仍未除名，我能夠一字不漏地背出九大行星，亦能滔滔不絕地談起浩瀚的星際，儘管日常的活動範圍不過是個面積幾十坪的公寓。

時序正值暑假，滿街孩提有如脫韁野馬，竄遊城市各處。為了安撫精力旺盛，卻又無事可做的我們，許多父母攜家帶眷地前來天文館，因為不過幾週前，重金打造的《宇宙探險》才正式揭幕。這項堪稱樂園等級的設施，令遊客得以坐進船艙造型的車廂，逼真地模擬太空旅行。循著軌道，穿梭各大星系，見證寰宇源起，更會在中途捲入黑洞，甚至邂逅外星生命。如此具有開創性又極富教育意義的活動，甫推出便引發轟動。不分平假日，展館門口皆是萬頭攢動。

歷經三小時餘的排隊，阿姨早已精疲力盡。我倆坐在天文館二樓的休憩區，一口接一口地吃著消暑的草莓冰淇淋，意猶未盡的我還不忘吵著再搭一回。記憶裡一向慈藹的阿姨沒有多說什麼，只是牽起我的小手，把我帶到館內常設展覽的角落，那裡有座漆黑無比的隧道，人群稀落。

「不如我們去看星星，好嗎？」

緊張地握著阿姨的手，徐行伸手不見五指的闃暗，及至走抵隧道中央，縱目所見盡是星辰耀閃。我驚訝地叫出了聲，恐懼登時煙消雲散，雀躍地用手指比劃起天穹。那時的我，還未熟記星座圖騰，亦不懂得如何在滿天浩繁中憑藉一顆星，找到另顆星，我只是單純地在未知的事物面前，感到激動與欣喜。

「這些星星，都一直在看著你喔。」

一晃眼，都要長成三十歲的大人了。

關於星榆的知識早已遠超當年，不說北斗七星的姓名倒背如流，就連季節獨有的大三角、大弧線都瞭若指掌、如數家珍。但沒有成為天文學家的我，更多時間也不再將目光投射廣闊的天宇，反而困窘於日常生活的瑣碎。城裡的光害一天比一天嚴重，本該常在的璀璨一天比一天黯淡，似乎唯有在夜闌人靜的枕邊時刻，才會偶爾記起許久未見的星空。

但就算回到幼時鍾情的場所，一切也今非昔比、判然不同。數年前，自從開館以來就沒整修過的天文館，破天荒地重新布展，成果卻教人大失所望。經典的展品不復存在，展示手法也單一死板，明明講述著同個宇宙，卻不再是我熟習的故事。此外，最讓人難過的，還是那乘載回憶的星空隧道，竟也隨之消失。如今偌大的空間，丟失了想像，僅用來播放枯燥乏味的影片。滿天星斗都已淡滅，隧道宛若黑洞，吞噬所有寶貴的時光，我卻無力重返。

國境解封後的首個春天，過於想念星辰的我，藉由假期飛抵日本九州，開著租來的車隻身橫穿熊本縣，投宿被自然環抱的高原旅店。倚著窗臺，極目遠眺，所見之處空無一人，僅有群山連峰。我看著遠處火山煙霧噴湧，感受大地脈搏，這是汲汲營營的都市生活，永遠無法帶給我的悸動。

之所以遠赴這間旅宿，其實是為了晚餐後的重頭戲——星空散步。興致勃勃的房客們，準時地聚合於大廳。負責講解的老師滿頭白髮，戴著金絲邊框的眼鏡，看來充滿智慧與經歷。寒暄幾句後，他熱情地將事先準備的手電筒及望遠鏡逐一分發，同時播放一部簡明扼要的導覽影片，意在提點我們今晚的夜空。

「不過呢，有時候也無法預期什麼。星空啊，總能帶給我們驚喜。」

我謹記老師的話語，跟隨眾人緩慢的腳步爬上長坡，來到飯店旁一處能夠徹底避開光源的草地。就定位後，大夥兒異口同聲地倒數，隨即關上手邊的光。剎那間，天星密布，鋪展眼前。不單是仰望，就連環顧四周，都能感覺自己仿若漂浮宇宙，像擁抱著孤獨，原來孤獨也能如此溫柔。

「你們知道嗎？每天的星空雖然看來並無二致，其實是因為變化太過微小。」

憑靠雷射筆輔助解說的老師，娓娓道來所有已知及未知的見識，包括如何用最好辨識的北斗七星尋找能指引方向的北極星。聽著聽著，我卻有些出神，看著劃過夜幕的星芒，說不明那是飛機抑或衛星，又難保那只是我眼裡不自覺泛起的光暈。

思緒萬千之際，驀然察覺有顆一會兒色澤豔紅、一會兒紫光閃現的星點，在貼近山頭的位置來回錯動、跳躍不定。

「老師，請問那是什麼？」

顯然也有學員留意到那顆詭譎的亮點，於是老師順勢將雷射筆指去，不過片晌，它便消失得無蹤無影，惹來驚呼連連。

「說來奇怪，照理講那個位置沒有星星。看來我們可能目睹了不得了的事情呢！」

一時之間，大夥兒眾說紛紜。身旁的年輕女子指證歷歷，語氣浮誇地堅稱那是幽浮探查地球的蹤影；也有帶著一家老少的父親秉持科學至上的信仰，認為只是火箭發射的殘骸，而我知曉宇宙沒有答案，微渺的我們，不過都是運算的一環。

「其實，恆星也會消失，但和人類持有的時間相比，實在不足為道，我們很難真正地見證群星轉變。所以方便的話，就記得幾百萬年後，再回來這裡瞧瞧吧！」

星空散步的活動，就在老師引人發噱的幽默之中作結。原路返回的途中，冷冽的晚風吹得我直打寒顫。恍然間，似乎又望見那神祕的光點，天邊閃動，似在問候。

那天凌晨，失眠的我再次步出飯店，順著同樣路徑，摸黑尋回觀星的草原。無聲之中，僅聞心跳；無垠之中，滿是星宿。生活的紛擾，有時令人感到虛無縹緲，在漫長又短暫的人生裡失去施力點，感知不到地心引力的牽引，反而像是注定奔離的星系，總在自顧自地走遠。我突然念及另個天文理論，即是此刻所見的星空，皆非當下情況的如實呈現。畢竟星球之間，相隔過於遼遠，或許這顆懸掛天際的光點早已覆滅，我們卻要歷經無數世紀，才能收到遲來的訃帖。儘管如此，星塵般渺小的我依然真切地意識到自身的存在，有多麼珍貴，該多麼感謝。

就算淹沒茫茫書海，時移境遷後，終究是個被遺忘的姓名，那也無所謂。我很樂意扮演一個光點，因為一個光點，原來可以走得如此遙遠。

回國後，這些日子睡得並不算好，總要耗費良久才能入眠。夜不成寐的黑暗裡，我偶爾會想起那個高原的觀星夜，也懷念起童年時期尚未翻修的天文館，更會思念起過世多年的阿姨。她是否也是這廣袤天穹的美麗繁星？倘若地上的我有幸觀測，她還會記得我嗎？

直到側身看見床旁亮起的微弱星點，憶起那是兒時在天文館商店購買的夜光壁貼，這才恍然大悟，原來就在身邊，默默地陪伴多少歲月。

「這些星星，都一直在看著你喔。」

親愛的阿姨，我好想親口告訴妳，恆星沒有消失，我們又相見了。

25

Edward Hopper

最近的我，一直在尋找某種綠。

會用這樣含糊又空泛的言詞來形容，是因為就連自己也語焉不詳。那並非春光明媚的嫩綠，亦非遠山靜湖的碧綠，而是一種鬱鬱寡歡，彷彿蘊積心底，卻又為城市夜色所反襯，不會隨著時間褪去，反而日漸深重的綠。

初次見它，是在美國繪畫大師愛德華．霍普（Edward Hopper）的名畫〈Nighthawks〉之中。這幅膾炙人口的作品，描繪著一間深夜的街角餐館，大片玻璃透射出的鵝黃燈光，與室外的闃寂形成鮮明對比。但看在許多觀者眼裡，這樣的溫暖卻不治癒人心，相反地，它隱約傳遞一股怪誕的不安，更精準地捕捉了都市生活的疏離與孤寂。

畫裡的四位人物，雖然存在同個空間，倒更像徹頭徹尾的陌生人。角落的男女，看似貌合神離。相鄰而坐，心卻遙對，沒有互動。倘若細探，甚至能發覺女子手邊的咖啡杯仍冒有熱氣，男子的咖啡杯則已冷卻，或許暗示著兩人到達的時間不一致，抑或暗喻著彼此之間的不相稱。至於頭戴白色工作帽的侍者，彎著身子，雙手被桌檯遮掩，似乎正忙於清洗和整理。但他並不專心，反而將視線投向店外，疑似在那更深夜靜的街道，有什麼吸引他的目光。

論及最耐人尋味的角色，當屬那位背面示人的男子，無從透過姿勢或表情揣度他的當下心思。形單影隻的來客，一身西服，坐在離觀眾視線最近的位置，卻成為最費解的謎。除此之外，在與他相隔不遠的桌沿，放有一個空杯，或許是早先離店的客人所用，又或者，這是對你我發出的無聲邀約。

針對這幅畫，眾人自有解讀，但它的地位無庸置疑，也對後世的藝文發展影響長遠。在新冠疫情席捲全球的近幾年，總有人打趣地笑稱，原來霍普早已預言蒙受劇變的世界，原來真有那麼一天，我們都得如他畫筆下的人物那般，學習與己身的孤獨相處。

無論如何，畫布上那占有大半面積、自外牆蔓延街衢、鋪天蓋地而來的綠，始終令我著迷，甚或有些憧憬。可惜迄今未有機緣，飛到萬里之遙的芝加哥藝術博物館（The Art Institute of Chicago），親自欣賞被妥當保存的真跡。如今的我，若想尋得這般色彩，或許只能設身處地，把自己置於不同城市當中、情境形似的場景裡。

〈Nighthawks〉的創作時間為一九四二年，恰好落在珍珠港事變之後。戰爭加劇的人心動盪，非我能感同身受，但看著遠方國度持續播送的戰事新聞，亦算稍微理解那種大時代下的無力與無常。

至於餐館原型，據霍普本人所述，源於紐約格林威治大道街口的餐廳。但即使按圖索驥地去找，也是枉然。因為畫中的景象，其實由曼哈頓地區迥異的建築拼接而成，亦參雜畫家的回憶與遐想。

那麼，關於畫作情景發生的時間點呢？縱使在霍普傳世的作品當中，時鐘尋常可見，準確地指向某個特定時刻。然而在〈Nighthawks〉裡，卻沒有揭露類似資訊，僅能藉由杳無人煙的街景判斷，至少是深夜，至少足夠寂寞。

經過詳盡調查，於是乎，我將目標鎖定位於潮州街的翌日咖啡店。

雖就氛圍而言，它屬於日式復古昭和風，磚紅色調的店家外觀，更與繪畫實情嚴重不符。但當我依循地圖，半信半疑地走過幽靜的巷弄，遠遠地瞥見街角的昏黃光線，還是被眼前之景打動，彷彿迷津的扁舟，終於覓得一處渡口。

推開厚實的木門，座位不多的店鋪裡，竟比臆想中熱鬧。營業至淩晨一點的咖啡廳，似乎匯集所有不願安睡的夜行生命。正愁客滿時，恰好有對起身離開的情侶，將空出來的大桌轉交予我。順利入座後，我旋即覺察天花板的漆色，完美復刻，一如畫中。努力抑制心底的狂喜，在字跡如蟻的黑板前，我苦思適宜搭配深宵的飲品。

審慎地評估了店員好意推薦的品項，最終依然故我地點了熱拿鐵。

這杯子夜過後的咖啡，可能為著保持清醒，也可能反效果地教人昏醉，然而更大的機率是，會讓鮮少在這時段運作的腸胃隱隱作疼，翻攪起夜裡獨有的愁與悲。猜不透吧，創作者的選擇，往往比你想像來得寓意深遠。

店內的擺設及選樂極具品味，來的客人亦非等閒之輩，鄰座高談闊論的言詞裡，盡是搖滾與哲學。不同於霍普畫中餐館的清冷，我感覺翌日咖啡店的鬧騰，更像包容一切思緒的場所，廣納所有入夜後無處安放的念頭。

儘管這次體驗，與名畫的氛圍迥然相異，倒也令我想起霍普面對後人評價時的回應：

「Unconsciously, probably, I was painting the loneliness of a large city.
（或許，我的確是無意識地，描繪著一個大城市的孤獨。）」

是啊，這終究不是個刻意的行為，人總要在不知不覺的時候，才會發現自己為孤獨挾裹，無從掙脫。

據稱〈Nighthawks〉的命名，源於畫裡男子的鷹鉤鼻。但若將其英文原名翻成坊間偶見的譯名〈夜遊者〉，而非〈夜鷹〉，則能賦予更深涵義。試想一下，此刻站在食肆外、視線向內窺探的觀者，不也正是身處街邊的夜遊者？在沒被畫家繪出的角落，我們亦被加進畫中，不再是純粹的旁觀者，而是無形的參與者。既然如此，夜已昏沉至此，且讓我們也待上一會，進門喝一杯吧。

豈料這時，始終未懂箇中深意的你，才驚覺畫裡其實缺少至關重要的大門。既無入口，也無出口，這間餐館原來更像座囚籠。

提筆寫文時，得知東區巷弄裡曾有過一間以〈Nighthawks〉為靈感設計的餐酒館，名為Fineline。雖然未曾造訪，如今亦已歇業，但這取名著實巧妙，正好是我分外喜歡的單字。很難找到中文裡言簡意賅的對應詞彙，大意是指事物或狀態之間極其細微的界線。像是白晝與黑夜，像是孤單與孤獨，也像是畫裡畫外、不得相觸、卻又心緒相近的靈魂。

或許有天，在那人去樓空的角落，你會看見我。當你也跨過了那條線，所以看懂了我，所以深陷其中。

26

MACAU

01:00 澳門

「其實我蠻感謝你來，該怎麼說呢，好像突然讓我平淡無奇的生活變得精彩。」

「精彩，你有沒有搞錯？」

簡直難以置信，生死交關之際，居然還能從友人口中聽到如此奇葩的言論。我下意識地瞪大雙眼，擺出一副憤怒的神情，卻忘了好不容易才得以舒緩的腫脹。一股刺痛頓時如電擊般流竄而過，我急忙低下頭，用摩托車的後照鏡確認，眼周那些退不去的紅腫，仍清楚可見。

「如果可以，我寧願不要這種精彩。」

用力地捶了朋友的肩膀一拳，示意著趕緊出發，其實嘴硬的背後，比誰都更清楚這個夜晚的分量。子夜過後的澳門，我們像要尋回年少時代的桀驁不馴，騎行穿巡舊城的幽然肅靜。那些本就駁雜的巷道，在夜色掩護之下顯得更加相像。我已然迷航，分不清方向，途經的每個路標都無濟於事，只能仰賴旅遊知識，勉強認出幾座外觀華麗的教堂，以及遠處山頭古老的砲臺。居住於此的朋友思路倒是清晰，無須導航，三兩下就完成我交辦的任務，找到這個時間點仍未打烊的茶餐廳。

凌晨一點整，一杯甜度和冰塊都恰到好處的凍檸茶，總算撫平我驚魂未定的心，也把稍早的鬧劇置之腦後。

不過數小時前，因為在餐廳不慎吃到過敏食材，導致身體產生劇烈反應。我的左眼就像充氣般迅速地腫起，更有甚者，連帶使得鼻腔堵塞，幾乎不能吸氣。事態緊迫下，朋友十萬火急地載著我衝向醫院的急診室。陌生的語言，加大我這名患者對周遭的恐懼，幸好有他鎮定心緒，陪著我掛號、就診、打針、領藥，一連走完所有繁瑣的流程。

「你這情形算相當嚴重，要是再晚點來，可能都要住院觀察，下回吃海鮮必須留心啊！」

面無表情的醫生，訓斥般的口吻連聲告誡，而我像是犯了錯的學生，垂首不語，幡然悔悟。都說禍從口出，看著手中那張寫有自己姓名的診病證，沒料想這回竟是禍從口入。

「我在澳門住了快三十年，都沒有這張卡。你飛機才降落三小時就領到了，也是挺厲害。」

朋友拍著我的肩，語氣挖苦地笑道，我則無可奈何地望向被迫收下的紀念。這座時常造訪的城市，自此又多了個刻骨銘心的往事。

深夜時分，本以為門可羅雀的茶餐廳，氣氛其實還算熱烈。電視機裡正實況轉播著不知哪個國家舉辦的足球賽事，鄰桌的幾位中年男子看得投入，桌椅旁堆滿飲盡的空罐。我瞄了幾眼，全是容易喝醉的酒種。負責點餐的大姐倒是興味索然，心不在焉地滑著手機，間或與足球團眉開眼笑地斷續聊上幾句，多半時候還是自顧自地瞎忙著。她從廚房端來的撈麵出奇地辣，但以咖哩牛腩為基底的口味可謂一絕，是未曾體驗過的味覺。

「好久不見，你怎麼都沒有變呢？」

「怎麼沒變，你看我臉都腫成什麼樣子了。」

對座的友人名叫 Alex，是大學認識的知心好友。同年同月同日生的我倆，又因為長相酷似，曾被開玩笑地比喻成搭乘同艘船抵達世界的人。只不過我在臺灣先行下船，他則落腳於一海之隔、不遠不近的澳門。

「疫情期間帶來的改變，多半還是發生在內心吧。」

不慍不火的球賽，打得實在一點也不精彩，鄰座的大叔卻醉得厲害，只差沒站起身來搖旗吶喊。在這舊城一隅的茶餐廳裡，大夥兒各忙各的事，卻都不妨礙把這長夜活得踏實。我倆認真地回顧錯過彼此生活的這些年，細數其間的波瀾起伏，感謝時間又讓我們聚在一塊，感恩時間沒將情誼沖淡。

吃飽喝足後，在我臨時起意且顯得無理的要求下，還要早起工作的 Alex 只好載著我橫跨西灣大橋，朝對岸的路氹去。

駛行橋樑專設的電單車道，強風呼嘯而來，我禁不住直球對決，只得低首閃躲，倒也沒有忘記多看幾眼旅遊塔的高聳。

許久前，我也曾登高望遠。當時膽戰心驚地踏上由透明玻璃拼成的地面，回頭卻見到一名立身戶外平臺的少女，不帶遲疑地一躍而下。可能我終其一生，都無法理解高空彈跳之於人類的意義，但衝動帶來的失重、失重引發的解脫，或許也是烽火連天的生活裡，一種教人欽羨的逃脫。

除了 Alex，另位名叫若為的朋友，也常在學生時期載著我往返這座橋。

畢業後的他，不願愧對心向的遠方，動身前往東京的壽司店拜師學藝，自此鮮少回到澳門。多年未見，日月如梭，他已從當初那個對日文一竅不通的男孩，變成能獨當一面的大廚。曾經如此熱絡，如今不常聯絡，但我仍會透過社群媒體半開的窗，默默地關注他異鄉打拚的生活。偶爾惦念起仍是大學生的我倆，亦曾在深更時分，這般無所事事地晃著。彼時預想的所有可能，最終都沒有發生，但眼見朋友踏上更為光明的前路，種下的遺憾也開成繁花滿途。

深沉夜裡，就連一貫熱鬧的路氹大街，都不免岑寂。幾間新開幕的高級飯店，一改平常的鋪張華麗，徒留幾盞慘白的燈，一點也不絢爛。但我知道，此刻還神志清醒的人都不會遊蕩在外，而是逡巡紙醉金迷的賭場，要嘛玩著吃角子老虎機，要嘛坐在爾虞我詐的牌桌前，為著致勝孤注一擲，為著獎酬殊死一搏。

無分晝夜，我們總在抉擇，只是有些取捨，難免更像豪賭。

「這麼久沒回來，今晚的澳門，還是你記憶裡的模樣嗎？」回程半途，再次駛過來時大橋，呵欠連連的朋友，突然沒來由地這般問起。

後座的我沒有回話，只是看著橋面兩側規整排列的路燈，像被縫進夜裡的航線，讓流連忘返的我們，不至於遺落來時的方向。再次憶起這一夜的跌宕起伏，我忽然有了莫名的勇氣，放膽地張開雙手，試圖在飛馳的速度間保持平衡。

比起方才和緩許多的晚風，陣陣地拂上臉頰，吹過耳際，然後轉瞬遠離。彷彿已說了太多，又好似一切，盡在不言之中。

27

Outlaws

在逃犯

已經數不清這是第幾回，在夜半三更無緣無故地驚醒，便再也不能安睡。身處漆黑一片，仰望一片漆黑，可我心裡有數，在那望不著的天花板上，存有日益擴大的裂痕。嘗試修補過幾次，新上的漆效果有限，反而更像自我欺騙。既然終將重新龜裂，便索性共存，學習視而不見。

閉上雙眼試圖入眠，卻不由自主地午夜夢迴。腦海浮現的，並非什麼溫馨的睡前童話，而是那些早該被埋葬的面容，總在夜幕籠罩下，鬼影幢幢地爬出。緘默地佇立床角，比任何時候都看起來更像惡魔。

我不害怕，也無意躲藏。齜牙咧嘴的表象之下，皆是有愧於我的臉孔。真正教我恐懼的，反倒是某部分深藏心底、怒不可遏的自己。事過境遷後，始終無法釋懷，仍一心一意地構思著從未實行的復仇。這樣的我，若是過了頭，似乎也會失控。所以每當任何一絲不健全、不成熟的念想在這樣的夜裡萌生，我便會一遍遍地用深植腦袋的道德倫理教育自己、說服自己、安撫自己。

雖然平息了勢頭，無形之中，倒也放犯錯的人們遠走，在以和為貴的世界裡，理直氣壯地過活。沒有審判，沒有緝捕，連以怨報怨的念頭都不能有。只能眼望他們愈跑愈快，奔往大好前程；我則身陷囹圄，愈困愈深。

怎麼會變成這樣呢？

我捫心自問，往事卻不應答，因為所有沒能放下的，都被我帶到了當下。

好比千迴百轉的電影情節，敵我雙方在反目成仇以前，都曾是彼此珍視的緣分。開頭一切美好，隨後全都變調，結局更是荒謬又可笑。

感情裡的罪犯，是招搖撞騙的玩家。球技高超，品行糟糕，讓空氣裡飄滿曖昧的情愫，自己則情海漂浮、分身乏術。你深深地愛上，暈頭轉向，卻換來不告而別的夏天，和消聲匿跡的無數季節。對方的世界裡，你只是刪除的合影、不讀的訊息。但賽後的球場裡，滿地的凌亂，滿屋的空寂，卻全都是你。

職場裡的罪犯，是密切往來的工作夥伴。隨口畫起的大餅裡說著未來什麼都有，就是沒有後來的糟蹋與冷漠。你出於信任地將姓名託付，卻換來被揮霍的時間。所謂心血，只讓心在淌血。一個人迎接、一個人征戰、一個人收尾。本以為將你拉出泥淖的那雙援手，竟將你再次推落，而你僅有一把上不了膛的槍，無論怎麼擊發，都只有自己受傷。

坦白來說，錯也在我，所有現時難癒的傷口裡，都存有減不去的愧疚。

倘若當初我能更懂審時度勢、明辨是非，而不是一頭熱地飛蛾撲火，今天就不會自食其果，都不用拖著桎梏的枷鎖，在無盡的公路處心積慮地逃脫。然而遺憾的是，人生什麼都有，就是沒有如果。

想著想著，作繭自縛的黑暗，也宛若牢籠。受了傷的成為囚犯，犯了錯的反而逍遙法外，這便是一個過於良善的靈魂，所能縱容的最壞結果。那些愛與和平的故事，愈聽愈像個傳說，倘若真心想要報仇，看來你也得先讓自己成為惡魔。

猛然間，一陣刺眼的光自窗外照進，在後悔變作怨懟，怨懟招致毀滅之前，將其徹底粉碎。

隔壁棟的鄰居，總在奇怪的時間點返家，而這城裡最後點亮的一盞燈，卻也在千鈞一髮之際令我清醒。關上燈的房裡，當我看不見己身，便容易僭越界線，對錯不分，與闇黑相融一體；亮起燈的夜裡，當我能意識到自己的存在，反而知所分寸，得以平復所有翻湧的情緒、消釋所有灼燒的執念。

唯有這樣做，我才能逐漸地返回夢裡，這漫漫長夜，也才會慢慢過去。

聽說，最近電視上時常播報與逃犯相關的新聞。主播冷靜的語調，像已司空見慣、習以為常，跑馬燈倒是激動，飛快地捎來連環消息。據聞刑事局又發布了通緝令，正盡一切努力，誓言要將逾假未歸的受刑者一網打盡。

我並不認識這些人，也不清楚他們背負的罪名，所以無從評價。我只是純粹好奇，究竟是什麼促使他們願意不計代價地逃逸？是按捺不住、意圖再次犯案的衝動？還是洗心革面、渴盼重頭再來的自由？抑或兩者皆非，有些人，從來就搞不懂自己究竟何錯之有，更遑論道歉悔過。

世界，怎麼會變成這樣呢？

無奈地搖了搖頭，關於這個問題，你應該比我還懂。

都說天道好輪迴，萬事皆因果。既然惡言穢語，口不能出，那就在此獻上最誠摯的祝福。

亡命天涯的路途，會很長很辛苦，祝你可以睡得好，你也最好夜夜祈禱，我能夠睡得好。

28

Ad Astra

我所能抵達的時間上游

從來沒有想過，有一天能親眼見到火箭發射。

嚴格來說，倒也不是始料未及，至少在我童年認真書寫的夢想清單裡，確實有過這般想望。除此之外，與宇宙相關的願望不勝枚舉，其中包括欣賞壯觀的流星雨、成為優秀的太空人、與外星生物建立友好關係、跨出銀河系開創嶄新世界……等。

如今翻著陳舊的筆記本，讀來確實荒誕，卻也有些慚愧。姑且不論實際執行的可能性，稚拙的我，竟曾懷抱如此雄心壯志。可惜自己終究沒能走向彼時刻畫的未來，既沒當成天文學家，也沒飛向天穹，甚至還日復一日地困在受限於嚴重光害，別說流星雨，就連星星都快瞧不見的城市裡。

這樣的我，一定讓你很失望吧？

看到佛羅里達州甘迺迪太空中心門口張貼的火箭資訊時，毫無預期的內心固然驚喜，倒也記起天馬行空的年幼時期，在還沒意識到究竟有多幸運之前，歉意先盈滿了胸臆。

循著方向指示，我來到展館旁寬闊的草坪。臨時搭建的舞臺，正如火如荼地進行倒數計時。不同於我的誤打誤撞，有些經驗老道的天文迷，則是為了觀賞火箭遠道而來。萬事俱備的他們，身上既是高倍率望遠鏡，又是長焦相機，興奮地來回指畫著天空，煞有其事地預測著飛行的軌跡。那儘管無人在意，卻依舊滔滔不絕的熱情，總令我感覺過分熟悉。

「5、4、3、2、1」

翹首以盼的時刻終要來臨，我亦加入聚集的人群，昂首高喊。在幾陣歡呼過後的沉默中，一道尾部帶著火焰的光束，伴隨遠處傳來的低沉轟鳴，款款躍向天際。頓時間，四周歡聲雷動，臺前的主持人振奮地宣告著，編號 Starlink Group 4-27 的火箭發射成功，展開遠大征程。

此刻的指揮中心，是否正如電影所演的那般，文件漫天飛舞，人們感動相擁呢？遺憾直播鏡頭只對準廣袤的天空，而未鎖定辦公室裡的人群，但是身旁穿著星球圖樣上衣的陌生男子，倒是按捺不住心中的喜悅，一連和我擊了數次掌。他的激動，沒有緣由，卻勾起我的笑容。於是我倆互摟著肩，一同望向趨近渺小的光點，越出視線，消失不見。

「1799876-8」

「床號 516B」

「民國八十二年五月四日五點二十一時」

我當然不會知道，歷經十月蜷身等待，終要邁向光明之際，那些圍繞著我所發出的歡笑與眼淚，和寄予的意義及期許。但一份深藏書桌抽屜多時，被我無意間尋獲的出生證明，則替我記錄這不曾留有記憶的人生源起。那是我來赴世界所持有的第一張相片、第一個編號、第一處地址，而所有以我為名計算的數字，亦從此刻開始積累。倘若人有辦法忤逆光陰、溯流而行，這便是我所能抵達的時間上游。

這樣一個臉龐圓潤、眼唇緊閉、狀貌可愛又睡得安詳的男孩，將會擁有怎樣的一生呢？

對於這般疑問，尚不及蓋棺論定的時刻。他自幼成長於美好的家庭，幸有疼愛他的兄長與雙親。幾十坪大小的房屋，見證他的跌倒與站立，也在所謂信天命的抓周禮俗裡，看著他不帶遲疑地選擇了筆。筆能繪出樂園，也能寫下心願，所以他想起天文館的點點繁星，想起所有好奇但未解的謎題。夢想著總有一天能接近、能釋疑，卻從不知哪天開始，逐漸地背離。

後來的發展，便不用多談，難免大同小異。和所有降臨星球的生命一般，體驗著人生總要遭逢的情緒、總要路過的風景。先褪去稚氣，後拋開自己，若將這趟旅程比擬四季，如今的他已送走了春季，在本該明媚的盛夏，變成無聊無趣又無用，甚至偶爾無眠的大人。可宇宙依然如此遼遠，時間卻追得如此貼近。

我想離開的那天，也會拿到類似的證明吧。

屆時大概也無法記得，當我辭別晝日、投身永夜時，那些圍繞著我所流下的傷痛和淚水。被烈火焚燒、化作灰燼前，我將會在這個世界留下最後一張相片、最後一個編號、最後一處地址，而所有以我為名累算的數字，也會從那刻停止運計，那便是我所能抵達的時間盡頭。

望向闔眼沉睡的我，他們又會說我，曾經擁有怎樣的一生呢？

「I watched them send the rocket up in Florida, and everybody cheered and waved goodbye.

（我看著他們在佛羅里達發射火箭，所有人都振臂高呼、大聲道別。）

I imagined it was me up in the captains chair, leaving laws of gravity behind.

（我不禁想像坐在駕駛艙裡的是我，正把所有引力和規則拋諸身後。）

And over time the dream got old and faded, and everything just gets so complicated.

（然而隨著時間推移，夢想也不免褪盡，所有事情都變得萬般複雜。）

But all I ever wanted to be was an astronaut.

（可我始終記得，我曾是多麼地渴望，想要成為一個太空人。）」

很喜歡獨立樂團 Port Cities 的這首 Astronaut，幾年前偶然於旅途中聽到，便愛不釋手，自此收入歌單珍藏。沒想過竟有這麼一天，鐫刻心底的歌詞，會與眼前光景如此吻合。

「你好像和火箭一樣，都去了很遠的地方。」

身邊的男子，輕柔地搖醒神思游離的我，意味深長地說道。而我收起凝望的視線，回到當下的世界，羞赧地點了點頭，沒有否認。

圍觀的人群漸次散去，方才聚焦的天空裡，已不復見遠遊的行跡。結束了盛重的倒數儀式，那曾短暫翻起皺折的時間，於是再次向前。

29

TAIPEI

05:30 臺北

這曾是個未完待續的故事，或許稱不上什麼缺憾，但偶爾想起，亦非風輕雲淡。直到此刻，當我再度揹起相機，隻身走在凌晨的南京東路街頭，才漸覺自己，連同這座生活了幾十載的城市，都一起回到多年前的那個夜晚。

說起來，都和《紐約愛未眠（Before We Go）》這部電影有關。

然而我不太欣賞片商積習相沿的作法，擺明了承襲《西雅圖夜未眠（Sleepless in Seattle）》的中文翻譯，儘管香港譯名《日出前的邂逅》也同樣顯得隔靴搔癢，流於表面。姑且不論片名究竟該如何轉譯，方能如實地捉捕電影的氛圍與精髓，至少片子本身屬上乘之作，我相當喜愛。由 Chris Evans 和 Alice Eve 飾演的一對男女，在跨進午夜的中央車站大廳偶遇。為了幫助錯過末班車又身無分文的女子順利返家，男生便帶領她穿行深夜的紐約。過程裡，兩人談起彼此生活遭遇的困境，直至日出將臨，這一夜情緣也終要分別。

類似設定可能會令人聯想經典之作《愛在黎明破曉時（Before Sunrise）》，只是場景換了座城市，角色換了個年紀，卻都描述著同段時間的相聚相離。當時還是名大學生的我，被這雖不高潮迭起、卻又發人省思的劇情深深地觸動，心中也不免好奇，子夜後的臺北又具有怎樣的光景。

然而，現實終究不比妥善撰寫的劇本，儘管我蕭規曹隨地在凌晨一點三十分出門，一如女主角錯過的末班車時間，一如電影原初設定的片名（1:30 Train），但兀自走過冷清的南京東路，沒有特定的路徑安排，亦沒有與我天南地北暢聊的陪伴，總覺得有些空虛迷茫。

望著行人紅綠燈的秒數，歸零後又復行倒數，隱然消弭了時間的邊線，在黎明之前，都只是無差無別的黑夜。我在人車零落的街頭，不斷地往前走，像是深信一切會有盡頭。途經的超商，宛如汪洋中的燈塔，可能成為某個人的救贖。而我沒有停駐，僅是借走幾分過路的光，照在自己身上，也漸能看見自由的模樣。

最後，我沿著敦化北路走到機場前的路口。正逢宵禁的航廈一片空寂，似乎僅剩地標般的飛馬鐘塔仍運作著。錶面的時針，不偏不倚地指向四點，而我抵抗不了濃濃睏意，呵欠一個比一個猛烈。眼看熬不到天明，便心生退意，隨意找了間商旅，澡都沒洗就倒頭大睡。再次醒來時，窗外已然一片車水馬龍，讓這午夜過後的半程遊晃，想來像場怪誕不經的夢。

「And at the end of the night, you're gonna want to say some things, but don't. Don't ruin it.

（到了長夜將盡之際，你會想開口說些什麼，但請不要，別輕易毀了這個夜晚。）」

或許是為了汲取創作靈感，或許是為了讓未盡圓滿，又或許沒有任何冠冕堂皇的理由，僅是在同座城市待得過久，偶然想起深夜時分的無拘無束。於是在將近十年後的此刻，我又一次地走返凌晨的臺北街頭。出發之前，還特意複習了啟蒙電影，將男主角在鄰近劇末的一席話，作為提點放置心底。

接續上回喊停的街口，我向鐘塔簡單打了個照面，看著指針以同樣角度顯現，旅程也就接回斷點。靈機一動，於是轉往鄰近的祕密基地，那是一處公園旁的地下停車場入口。少有人逆著方向朝上走，然而頂層別有洞天，幾張面擁城景的長椅，讓人能不受外在叨擾地放空雜念。我常在心煩意亂，抑或思緒打結時，騎車來此發呆。凝望繁華的天際線，追蹤航班起降的弧線，感覺自己逐漸被城市拋在身後，城市卻又慷慨地賜予這麼一處角落，溫柔地接住我、藏起我。

深沉夜裡，祕密基地更顯祕密，甚至可謂機密。我嫻熟地落座，姿勢不良地翹起二郎腿，又索性將雙手墊在頸後，徹底躺平。無人聞問的世界裡，一切安定平寧，只可惜厚重的雲層掩起月明，徒有路燈孤伶伶地亮著，似有話要說。天造地設的聚光燈下，我脫掉偽裝，華麗登臺，自娛自樂地演著精湛的獨角戲。沒有觀眾，卻歡聲雷動。

動身繼續南行，路過整排白天精神抖擻、夜晚陰陰鬱鬱的樹。在穿過市民大道高架橋前，遇見半身斑馬造型的行人號誌燈。其實它常駐於此，日晒雨淋多少年，我從未正眼看過，更不知它名為《時間斑馬線》，為臺北最早設立的公共藝術之一。

我倒是願意，將城市看成一座沒有圍籬的動物園，充滿畫地自限的困守，和不知所云的逃脫。舉棋不定的靈魂，滿路找著答案，最後轉向斑馬尋求釋疑，似乎也合情合理。畢竟牠與生俱來的色彩，是人們終其一生的課題。或黑或白，或停或行，站在路口的牠總是提醒，不要魯莽，小心碰撞。快步也好，慢行也罷，重要的是你都必須走過，方能到達。

當忠孝東路的字牌顯露跟前，亦能覺察天色更迭。

對照智慧型手錶的太陽圖，拂曉似已來到，而我仰首探找，漫天黑幕裡依稀可見幾抹拒絕沉淪的光，還不及照亮大地，卻已足夠令人放心。

不同於先前的整路闃寂，街巷開始浮現幾許生活的氣息。負責送報的職人，將成疊早報預先鋪在人行道上，以便迅速派發。看來徹夜趕路的貨車司機，也終於把車停靠。推開車門後燃起的一根菸，似在止痛，也似在享受，而我依然不懂菸是什麼，更不懂夜是什麼。穿過KTV門口酩酊大醉的年輕面容，經過豆漿店櫥臺煙氣瀰漫的蒸籠，在街道縱橫交錯的時區面前，領悟時間不是數字的絕對，而是概念的相對，我雖已走了這麼遠，有時想來也不過僅是一轉眼。

「勢早！」

「啊，早安。」

尚未盼到日出，空曠的廣場倒已聚集許多起得老早的長者，正精神抖擻地繞著公園，一圈圈地健行。每每四目相交，都換得他們爽快又明朗的招呼。

既已收下晨間的問候，這悠長夜晚，倒也就無法名正言順地持續下去。於是我不走了，就地而坐，靠著國父紀念館前的臺階，輕輕按壓酸痛的雙腿。眼裡天幕漸明，敞亮每個夜裡朦朧的廓影，而我的視線顧著追光，一路覓得的那份清晰，反倒倘恍迷離。

我該如何一直朝明天前進，而不捨棄過去？

我該如何逐步地拋開沉重，能愈走愈輕盈？

曾以為日子，就是把無數過去相疊、覆蓋、抹盡，進而獲得一個全新的自己。後來才明白，生活更像是趟走進三稜鏡的光影旅行，每個階段留下的身影，始終存在。色散開來，或被淡忘，或被牢記，也都照進來回履過的巷弄、如約而至的晨昏裡。當我終於不是為了要去哪裡地在趕路，而是沒有必定要往哪去地在漫行，看似遊蕩的我，反而能不時地與過往重遇。將這些散落的片刻沿途拾起，一路從遠離喧囂的祕密基地，走進喧囂正中的廣場人群，迎向即便沒有煙火、也值得慶賀的重啟。

五點三十分，太陽已然躍起，只消再過幾分鐘，天光即會遍灑大地。屆時，城市所有的完成與未完成，都將再次攤在陽光下，被辨認、被品評、被定義。

但至少此刻，我陪著自己，時間竟能如此圓滿，一切都不言而喻。

日出
Sunrise

30

Dear Time

此致 三十

親愛的敬啟者：

其實寫一封信給你，真可謂是荒唐之事。

但是當我方才迷糊地睜開眼，瞥見透過樓房間隙映入室內的陽光，也看見手機裡滿滿的祝賀訊息，意識到又年長一歲時，便起心動念。我想在世界還沒徹底甦醒，喧嚷仍未滿溢耳邊之際，把握這須臾清淨，提筆寫些東西。

目前尚不確定這些文字最後將如何呈現，但至少此刻，我想像這是封信，沒有固定寄送地址的信。從我手邊離開後，它可能會開展一趟迢遠的旅程，遇見許多陌生的眼神，或被細心關注，或被冷眼相待。儘管我無從料定能看到這裡的人會有多少，畢竟這是個凡事皆不耐煩的時代，閱讀習慣都快被列為文化遺產。可既然兜兜轉轉都與你有關，就請你先收下吧。

事情是這樣的，每年生日前夜，我都會留話給自己。

忘記是從何時開始的習慣，總之行為本身沒有特別的邏輯，也算不上多神聖的儀式，往往是拖到午夜將臨的最後幾分鐘，才匆忙地翻出白紙，給自己些許激勵和期勉。這些潦草寫下的話語，多半源於過去一年沒能嘗試、或嘗試失敗、卻又不甘心就此放棄的祈願。有時候，不知道是我太高估自己，抑或自己不夠努力，總是來回地寫著雷同的內容。難以兌現的願望，年復一年地重現，反倒更像攻克不了的心魔，總在生日前夕不請自來。然而，也會有些事情如願以償。唯獨那時，我才會覺得一事無成的人生裡，擁有了微不足道的成就，似乎令我這些年肆意妄為的漂流，多了點能堅持下去的理由。

在我年紀尚小的時候，你曾是個難以想像的年歲。

彼時的我，來赴世界還不滿十年，無從理解，也無暇理解邁入而立之後的世界。繽紛絢燦的童年，就像書櫃裡手不釋卷的繪本，沒有太多把話說死的文字，反而包容所有無邊無際的意會。有時候，我會慎重地拿出最好的蠟筆，從爸爸房間的抽屜抽出幾張白紙，試圖臨摹繪本的圖畫，卻也並非照本宣科地複製，我總愛配搭一些異想天開的插圖。舉例來說，我會在繁華的街衢，繪上幾隻長相可愛的恐龍，那與人類和平共存的模樣，絲毫沒把進化論和地質年代表放在眼中。但話說回來，身為一名與侏羅紀公園同年誕生的男孩，這樣的行為，似乎也通情達理。

抱歉，好像扯遠了點。總之我想表達的是，我們都親歷過那樣的時期。抬頭就見天空，俯首就能創作，環視左右，身邊也沒人會指責天馬行空是種罪不容恕的過錯。儘管知識和常識不夠充足，但能夠忠於感官地傾情探索，反而看得比任何時候都要多。那真是個極度美好的階段啊，只可惜人總有那麼一天，對繪本再也提不起勁，更丟下手裡緊握的畫筆。

那一天的背後，其實是多少年的累積，但就體感而言，好似不過一眨眼，你便已迫在眉睫。

你是否也曾預想過今天？倘若身為時間的你具有自主意念，你會期盼遇見一個怎樣的我？這個問題是否如同困擾著我這般，日日夜夜地使你糾結呢？現在總算碰面了，你失望嗎？還是我的表現超乎預期，就算和同齡人相比，存款見底、未婚未育，甚至還住在家裡，但光是能努力地在意外頻發的世界裡好好活著，能安然無恙地走到與你相會的今天，是否已堪比生命的奇蹟？

我知道你不會回答，你從不開口說話，這是你們時間一輩的行事作風。我碰過你的部分家族，他們多半性格溫順。總歸來說，相處還愉快，也算玩得盡興吧。只是每回分開，都沒來得及道別，所以我亦逐漸領會，你們的到來和離去終究如風一般，從來只能感受，千萬別想著挽留。

前陣子，網路風行著能快速變老的修圖軟體。

我通常對這類事物意興闌珊，但當代人工智慧日新月異地發展，曾經嗤之以鼻的，如今似乎也不能等閒視之。看著手機裡那僅需幾秒、就變得白髮蒼顏的自己，外表雖煞有其事地真實，卻無法預見皮囊之下的靈魂。科技或許能大幅度地縮短時間的橫距，卻絲毫不能撼動光陰的縱深。所謂的成長，若非浮浮沉沉地漂流過，又該如何了然於心，那些荏苒韶光走過，終將碩果累累的豐收？

人生，終究不是關於抵達的賽場，而是重於過程的紙張。我們在不同時期，拾起不同工具塗鴉，或甚至忘了作畫，把無憂無慮的想像，活成患得患失的模樣。而你們默默地來、默默地看，不多作幫忙，只用皺褶和泛黃，一聲不吭地將注記印下。

從今以後，你將會充斥於生活之中，無所不在，萬事萬物皆是你。

如果我過得太安逸，請你化作順境裡的逆光，狠狠地刺痛我的眼睛；如果我過得太躁急，請你變作大洋裡的波浪，陣陣地舒緩我的心靈。最重要的是，如果我過得太懷疑自己，希望你能開成溫室裡的野花，提醒著我，也提醒著所有迷途的人們，綻放不是有樣學樣、循規蹈矩。只要懂得擁抱自己的天性，哪怕和別人不一樣，每個人都有專屬的花期。

昨晚睡前，我刻意地忽略天氣預報不看，只因不願對醒來後的世界，懷抱太多預期。雖然大家都口口聲聲地勸說著，你是職涯至關重要的節點，是不能再逃跑、必須定錨的年紀。可在我眼裡，你既是歸零，亦是重啟，你更是我曾提筆寫過的，那沒有終點的路途。途經的風風雨雨、曲折離奇，都是為著豐富我的閱歷、豐盈我的心緒，讓我能做足準備，一步步朝著新的起點走去。事到如今，我已聽了太多別人授予你的意義，現在正是時候，讓我登程探尋，你之於我的意義。

對於熱愛旅行的人來說，最開心的事情，莫過於出發上路的那刻，發覺窗外的風和日麗。

而我已內耗了太久、自損了太多，總算明白這晦暗無光的漫長雨季，終於過去。此刻，我要站起身來，我要推門出去，去迎接你，去成為你，也成為我自己。

此致

三十

陳浪 敬啟

星叢

我多的是時間漂流 I Just Want A Beautiful Escape

2024年2月初版　　定價：新臺幣420元

2024年2月初版第二刷

著者	陳浪
叢書主編	黃榮慶
內文排版	烏石設計
封面設計	鄭婷之

出版者	聯經出版事業股份有限公司
地址	新北市汐止區大同路一段369號1樓
叢書編輯電話	(02)86925588轉5307
台北聯經書房	台北市新生南路三段94號
電話	(02)23620308
郵政劃撥帳戶第	0100559-3號
郵撥電話	(02)23620308
印刷者	文聯彩色製版印刷有限公司
總經銷	聯合發行股份有限公司
發行所	新北市新店區寶橋路235巷6弄6號2樓
電話	(02)29178022

副總編輯	陳逸華
總編輯	涂豐恩
總經理	陳芝宇
社長	羅國俊
發行人	林載爵

行政院新聞局出版事業登記證局版臺業字第0130號

本書如有缺頁，破損，倒裝請寄回台北聯經書房更換。　　ISBN 978-957-08-7257-6 (平裝)

聯經網址：www.linkingbooks.com.tw

電子信箱：linking@udngroup.com

國家圖書館出版品預行編目資料

我多的是時間漂流/陳浪著．初版．新北市．聯經．
2024年2月．244面．14.8×21公分（星叢）
ISBN　978-957-08-7257-6（平裝）
[2024年2月初版第二刷]

863.55　　112022638